北京联合出版公司
Beijing United Publishing Co.,Ltd

余小姐
的蓝颜知己

米玉雯———— 著

目录

有的人

因为太重要，

所以

选择做朋友，

因为朋友永远比恋人

走得更长久。

爱 情 永 远 年 轻

　　我第一次看见小米，是在一个冬天的午后。在一个咖啡馆，我们等着她来面试，结果她塞车迟到了。北京的冬日暖阳总是有种萧条，突然门开了，她冲进来，穿了件粉红色的大衣，脸上泛着一种更像小朋友的红——不知是因为冷还是因为急，她有点慌张地瞪大了眼睛，她说："哎呀！你真的是笛安……"虽然面试还没有开始，但是那一瞬间，我已经决定了欢迎她加入。

　　当然，杂志再小，作为一个主编，也不应该如此不理性，值得谴责。

　　有时候，"侥幸正确"这种事的确会降临到人生里，还通常被美其名曰"女人的直觉"。加入我们团队之后，她就始终以一种近似喜悦的热情，完成着每一项工作。她能迅速学习，掌握重点，懂得负责，很快便能独当一面，会贡献给我们有想法的点子，还会帮我停车……我一直困惑，一个这么聪明的姑娘，为何就是这么讨厌上学——在我们这里她是实习生的身份，我跟她说过，如果为了准备期末考试什么的，请假完全没有问题，可她总是愉悦地告诉我，真的不用，如果为了工作，不去考试都可以。——于是，我一直知趣地不问她的考试成绩。她总给我一种愉快的感觉，虽然我知道，正常的人不可能永远愉快的，可那是她身上自带的气场。直到有一天，她有点羞涩地跟我说，她的小说集要出版了。

阅读着她的小说，字里行间，看得到一个绝对不会在办公室里出现的小米。坦白讲，这个集子里的小说故事都很简单，但是她是聪明的，她懂得用一种简洁跳跃，却又讲究节奏与留白的方式叙述，于是她的小说就这样生动起来，并且，带上了属于她个人的烙印。我个人其实不喜欢从叙述到内核都很"聪明"的小说，我认为读者没有义务观赏任何一个自以为是的人抖机灵和玩自恋——而她，在聪明和轻快的调子里，不加掩饰地放进了因为年轻才显得楚楚动人的无助。

我始终确信，不懂得真正袒露自身软弱的小说家，是没有前途的。

这十几篇小说里，我个人最喜欢的，还是那几篇关于青梅竹马却没能变成恋人的故事。坦白讲，她的确不是很擅长写年纪再大一点的人物，写到中年人或成熟女人的时候，有些脸谱化的趋向——但是，没错，我自己的确擅长写三十岁的女人，可是这有什么值得炫耀的呢，我十年前就大学毕业了啊。

阖上这本书的时候，准确地说，关上 PDF 文档的时候，我脑子里一直被她笔下出现过好几次的那个小女孩占据着。在我作为读者的想象中，她应该是清秀并倔强的，说一口脆生生的北京话，在北方寒冬的夜晚，穿着旧牛仔裤和羽绒外套，满脸令人过目不忘的生动。她熟练地翻过中学母校的围墙，她故作若无其事地捏瘪了啤酒罐再点上一支烟，灵动的眼睛里突然一阵潮湿——她的世界此刻只有这个操场这么大，叙利亚战火和欧洲难民，美国大选和英国退欧……所有这些关乎人类的事情，都比不上她凝视着的那个男孩。她想说"我爱你"，她真的想说，可她做不到。

得不到自己深爱的人，也许是件寻常的事情。她小说里十几岁的小姑娘们全都无师自通地明白这一点。这真让人心疼。这也是某种只有青春才会带来的动人。不信？如果换了是我，一个三十多岁的男人告诉我他其实爱我但只是因为害怕失去才只和我做朋友，我会礼貌地叫他滚出去。

　　年轻原本就是惶恐的，在爱情面前手足无措的年轻人更是所有文学作品里钟爱的母题之一。她笔下的这些男孩女孩就这样打动了我——其实上帝是公平的，无论贫穷还是富裕，无论健康还是疾病，无论你美还是你颜值低，无论你性格讨喜还是天生别扭——当你确定你爱上某个人的瞬间，那个焕然一新的千分之一秒，世界对每个人来说，都只有那么一点点大。

　　也许就是一个操场的大小吧。

　　亲爱的小米，我想祝你幸福。

2016.9.7 于北京

数 不 尽 的 星 辰，
浇 不 灭 的 火 焰

这是我的第一本书，也是我第一次写序。

所以我不确定是否应该给这篇序取个名字，直到这句话出现在我的脑海里。

数不尽的星辰，浇不灭的火焰。

似乎它一直以来就镌刻在那儿，等着这篇序的诞生。

《余小姐的蓝颜知己》发表的那天，我收到的最多的提问是，这是你的故事吗。

读者这么问，朋友也这么问。

甚至还有人问，这是你和谁谁谁的故事吗。

我几乎没有犹豫，统统给了否定的答案——但事实上，不想承认和根本不是的界限，我也没法分得太清楚。

我唯一确定的是，当故事开启的那一刻，她们都不再是我，她们都有自己的故事。

而故事背后的故事是什么样子，真的没那么重要。最终呈现在你们眼前的文字组合，里面血肉丰盈的人，才是让你哭让你笑让你感同身受的理由。

但我又不能在自己心里全盘否定，她们真的不是我，这真的不是我的故事。

就如同在梦中，你仗剑江湖，功成名就，醒来是大梦一场的虚无，你从未成为过英雄。

但梦里人不是你，又是谁呢？

如果某一个瞬间让你觉得这个人物塑造得如此真实，那只是因为她们都和我一样，或许儿女情长，或许英雄气短，但同样在充满不得不和不得已的人生里，从未妥协。

这本短篇集里的小说可以说是见证了我的成长，其中最久远的一篇写于我的十五岁。那时候我还未曾见识过浩瀚宇宙，照着镜子看到了一丝闪亮光芒，就以为自己是沙砾堆里的钻石了。

后来，我终于窥见宇宙浩瀚的一角，逐渐意识到，根本没有什么钻石。这片深蓝色的幕布下，有的是数不尽会发光的星辰，而我只是沧海一粟。

意识到这件事其实给了我很大的打击，像是被一场倾盆大雨浇了个透心凉。

不是没有想过放弃，但顺其自然的堕落比逆流而上的挣扎更需要勇气。我大概是没有堕落的勇气，心里总有个声音在角落里轻声念着，生活已经这么糟了，再对梦想知难而退，还不如一了百了。

距离我的第一篇故事，六年过去了。

我即将拥有自己的第一本书，早已不再是穿着校服的少女，尽管我仍然在学习，学习在饭局上张弛有度地聊天，学习和初次见面的人热络聊天的同时不失防备之心。曾经告诫自己不要手无寸铁就冲进这个险恶江湖的人，一不小心就早已置身江湖之中了。

我在不可避免地长大并且成熟着，我甚至不需要做什么，周围的环境就成了催化剂。

我经历过很多场重逢，也经历过很多场告别。其中最匆忙的一场告别，大概是和曾经的自己。因为直到成熟摧枯拉朽地将我彻底包围，我才后知后觉地意识到，这场告别早就悄无声息地完成了。

而成熟就意味着，回不去了。

重逢总是比告别少，只少一次。

如果注定告别，我希望，这本书就作为和莽撞青春的最后一次重逢吧。

我也好，你们也好。

总有一个年轻的人，留在那段未曾见过浩瀚宇宙的时光里，站在光线刚好的镜子前，坚定地相信自己是块闪烁着璀璨光芒的钻石，永远做着最初的梦，有着最初的鲜活与莽撞。

而长大的那个人，该懂得自己的渺小，该学会隐藏情绪，浴血奋战后也要若无其事地换上新衣服赶赴下一场盛宴。

我说不清楚这样的成长是好是坏，可已经回不去了，除了向前走，生活其实并没有留下别的选项。

但你要相信，我还是我。

而这些不畏生活崩坏，仍然在风口浪尖披荆斩棘的主角，就是我们的暗号。

纵使经历了一次又一次的疮痍四野，溃烂、愈合，甚至看起来已经面目全非，一旦回到纸上的世界，我仍然是那个心里有着浇不灭火焰的人，仍然会在虚构的世界里，流真实的眼泪。

始终不渝。

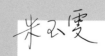

2016.7.7 于北京

错的时间遇到的对的人，

从来不是靠拖延

就能等来对的时间。

那些被你拖延过的时间，

一点一滴

都有着浩瀚的力量，

足以把你变成一个或好或坏的，

全新的人。

对的人还是对的人。

只是，

不是你的了。

余 小 姐 的 蓝 颜 知 己

余小姐今年二十五岁，经历了人生第一次被催婚。

比她想象中，还早了三年。

大年初一的晚上，余小姐的家人们聚集在她奶奶家，围在一桌合家欢乐地吃火锅。

据余小姐回忆，当时所有人都其乐融融地聊着最近疑似跌到底的股市。二姑突如其来了一句："妞，你过完年就二十六了，该结婚了吧。男朋友找了没呀？"

由于转折生硬，猝不及防。

一片热气腾腾中，专心吃肉的余小姐被问蒙了。

留给余小姐的，只有咀嚼嘴里一颗鱼丸的时间。

她尽己所能地细嚼慢咽，也没有能够让松弛的脑袋运转起来。于是在她爸爸妈妈爷爷奶奶大姑二姑还有哥哥姐姐十几双眼睛的注视下，她说："有男朋友了呀。"

余小姐没有男朋友。

但她有一个十年交情的精神蓝颜知己，和一个五年交情的……肉体蓝颜知己。

说白了，一个闺密和一个"炮友"。

"我是被那句'过完年就二十六'击倒了。我可是九月生的，刚过完二十五岁生日几个月啊？怎么就说我二十六了呢……"

余小姐这么解释自己在新年第一天的口不择言。

严泽像刚下工的民工一样蹲在路边的炮竹堆边上，捧着白色饭盒，往嘴里扒拉着宫保鸡丁盖饭。

"嗨，这有啥。不就多说了半岁吗，快着呢。你很快就会二十六，然后唰地，三十，三十六。"

余小姐有点不高兴，叹了口气蹲在他身边不说话。

"你又不会一个人老，不还有我一块儿嘛。放心，我永远比你老一岁。"严泽艰难地咽下嘴里没嚼烂的食物，试图往回找补。

余小姐嘴角只上扬了一秒钟，就又一次忧心忡忡起来。

"问题是，大过节的，我上哪儿找个男朋友带回家啊。"

严泽站起身，手中的白色饭盒在空中划出一道抛物线，被准确无误地扔进了三米外的垃圾桶。

他转身揉了揉余小姐的头，说："要么我再勉为其难地拯救你一次。"

余小姐打落了他的手，从包里掏出梳子梳理被他揉乱的头发帘："滚滚滚！别拿刚吃完饭的油手摸我头发，我头发是毛巾吗？！"

她仰起头瞪了一眼严泽，看见他黑色羽绒服里穿的是那件她去年春节给他买的高领白色毛衣。

严泽不算白，但脸干净细嫩，五官也算顺眼，高鼻梁薄嘴唇，双眼皮大眼睛藏在黑色镜框后面。

余小姐觉得他穿白色毛衣的时候最好看。

"怎么着？用不用啊？"严泽自然而然地接过余小姐手中的包，从里面翻出湿纸巾，一边擦手一边问。

犹豫了一秒，余小姐摇了摇头，说："算了，我家里人又不是不认识你。万一玩大了，我妈当真了，以后你成准女婿了，还怎么空手来我家蹭饭啊。"

十年前，或者说，十年前多一点点，余小姐和严泽上了同一所高中。

她的初恋是他。

他的初恋是她高中最好的闺密。

这应该是一个洒满狗血的曲折故事，如果余小姐的星座不是处女座，星盘里还刚好布满了闷骚内敛的"摩羯"和"金牛"，那么这个故事一定像所有俗气的三角恋一样，在高中就点燃了炮竹芯，砰的一声炸完，毕业以后再无回响。

遇见严泽的那一年，是余小姐人生仅剩的，带着孩子般幼稚的一年。

孩子的爱总是真挚热烈。

余小姐会因为等他的一条短信失眠一整夜，然后顶着熊猫眼起床上学，用刚学会的脏话把他骂个狗血淋头；会因为他给自己买了一桶泡面而开心得蹦蹦跳跳转圈；也会因为发现他把几小时前对自己说的话原封不动发给闺密而号啕大哭。

这一切都发生在余小姐心里。

之后，严泽和余小姐的闺密在一起了，两个人中午吃泡面要拉上余小姐，闺密看严泽打篮球要拉上余小姐，去游乐园拉上余小姐，吵了架也要拉上余小姐——来劝他们和好。

余小姐成了他们的爱情顾问。每天的日常就是安慰闺密和数落严泽。

就好像一件再正常不过的事儿顺其自然地发生了。

她没有问过严泽那些短信、深夜的电话和桌子上的巧克力是她会错了意，还是他的心意真的变得那么快。

所谓的初恋，余小姐用一张波澜不惊的面瘫脸糊弄过了所有人，除了她自己。

跟在十指紧扣的严泽和闺密身后，余小姐偷偷地学会了点着一根烟。

谁疼谁知道。

高中那三年，严泽手机中的余小姐备注是"余老师"。

要是问他为什么这么备注，他会说，因为余小姐手机里他的备注是"严老师"。

要是问她为什么这么备注，她会说，因为他在那几年是教会她成长的人啊。

高二，余小姐抽烟被抓了。

她就坐在离严泽和闺密两米远的操场角落里，出神地看着不远处的麻雀。

教导主任走到她身后的时候，她正蹲着，把烟头捻灭在一只蚂蚁身上。

严泽把这事儿扛了下来，记了大过一次。

他说余小姐是帮他去掐烟，说余小姐兜里的烟是帮他装的。他像煞有介事的表情和语气，让恍惚的余小姐几乎都以为自己真的是去帮他捻灭一根他抽的烟。

从办公室出来，两人的气氛有些尴尬。

余小姐低着头，叫住了准备离开的严泽，半天没说话。

严泽笑了，揉乱了她的头发说，没事，不用谢。

她还是没抬头，也真的没有说谢谢，莫名其妙地跟着严泽笑了起来。

赶来的闺密站在楼道口目睹了一切。

她冲上来抽了还在笑着的余小姐一个嘴巴，说："这巴掌是我替严泽抽的，他帮了你你觉得可笑，是吗？"

余小姐愣了两秒，左右开弓抽回去两巴掌。

然后头也不回地离开了。

沉默蔓延了一秒，身后传来了号啕大哭声。

余小姐一直记得那天，高二那年教师节的前一天。那天他第一次揉乱她的头发，后来也不知道怎么就养成了习惯；那天她第一次把情绪写在了脸上，而不是心里。

那天晚上严泽给余小姐打了个电话。

余小姐披着宽大的校服坐在小区花园的长椅上，听电话那端严泽的呼吸声。

"对不起。"

"没事。"

"帮她说的吗？她帮你打了我一巴掌，你帮她说一句对不起？"余小姐在心里问。

"疼吗？"

"不疼。"

"我和她分手了。"

"……哦。"

"因为我吗？"余小姐在心里问。

第二天答案就浮于水面，余小姐庆幸于自己留在心里没有问出的那句话。

高一学妹在那天晚上跟严泽表白了，第二天就拿着巧克力跑到高二（2）班的门口对严泽献上了自己的初吻。

事实上，严泽和余小姐相识的十年里，从没有一任女朋友是因为余小姐分手的。余小姐清楚地认识到，能让这个太阳巨蟹、月亮巨蟹、上升巨蟹的男人离开女朋友的人，只有他下一任女朋友。

托这个热情学妹的福，前几天还在到处说余小姐"婊"到勾引好朋友的男朋友，见到余小姐就翻白眼说"祝你们幸福"的闺密，奇迹般没事儿人一样和余小姐恢复了友好关系。

严泽和余小姐一起蹲在操场角落里抽烟的时候问她："你觉得这女的咋样？"

余小姐犹豫了一下说："挺好的。"

"她好还是你闺密好？"

余小姐又犹豫了一下说："都挺好的。"

那年的余小姐面对严泽时还拘着些，不会像现在这样肆意地在结束和他女朋友的会面后说："这个太丑了，分了吧。""这个太作了，分了吧。""这个还不错哎，挺大方，也好看，好好相处试试。"

高三毕业旅行的时候，余小姐和严泽还有几个同学一起
去了郊区。

玩完漂流以后一行人路过了蹦极的高架子，余小姐突然
顿住了脚步。

严泽跟着一排人说说笑笑地走出去三五米，回过头看到
盯着五十五米蹦极台发呆的余小姐。

"想跳吗？"严泽问她。

"嗯……"

几个朋友都湿漉漉的，摇头摆手，找各种借口，漂流太
累了，在底下看就行了。

余小姐还在犹豫，严泽突然说："我陪你啊？"

"你不是恐高吗？"

余小姐在心里翻了个白眼，犹记得两年前和严泽一起去
游乐园，高过一米八五的他，只有在不搭调的旋转木马上才
收起了惊恐的脸。就连没有身高限制的飞椅都让他尖叫不止。

或者说，是惊恐的咆哮。

她大概永远不会忘，那天闺密想坐过山车，拖着死狗
一样的严泽排队。好不容易快排到了，严泽带着哭腔的咆
哮力压山车上人的尖叫——"求你了，爸爸！放过我！上去
了我会死的！"

工作人员憋着笑的脸，路人笑出声的脸，闺密的……坐

在离他们二十米远的地方啃圆筒的余小姐都感觉到了闺密扑面而来的尴尬。

"走啊。"

余小姐跟在一马当先走在前面的严泽身后，轻挑了下眉毛，鼻尖抽搐了两下。

缆车上余小姐踹了严泽一脚，问："你失恋了？"

严泽莫名其妙："没有啊。"

"你一会儿不会……哭着管我叫爸爸吧？"

严泽一脸黑线："安心啦……"

半山腰上搭起的高台架上，两人按部就班地称体重，穿装备。

下面是笼着薄雾的湖水和格外小的小船。

余小姐握着栏杆远远地看着，眩晕感袭来，她突然有些怯了。

工作人员没等她反应过来，就把两人拉到跳台边缘绑在了一起。

原来是一起跳。

严泽难得地沉默着。他摘掉了眼镜，扯出比哭还难看的笑。余小姐想，大概是因为看不清，所以模糊了恐惧感吧。

"最好握住对方的手哦。"旁边教练的声音像是来自很远的地方。

余小姐斜睨了一眼前方的空白，萌生了一种即将飘浮、消失的恐惧。

严泽张开双臂，把余小姐揽进了怀里。

"我喊一、二、三，一起跳哦。"教练的声音真实了一些。

"一、二……"

严泽往前倾了半步，没等教练的"三"喊出口，就带着余小姐坠了下去。

"别怕，我在。"

余小姐记得那天是他们之间的第一个拥抱，严泽把她抱得很紧；记得跳下来的那个瞬间，夏天的风打在脸上刺刺的疼；记得自己瘫软在小船上，全靠严泽帮忙把安全绳解开；也记得处理完她，严泽就趴在船边吐了。

她唯独不记得，那四个字究竟是严泽说出口的，还是仅仅是自己的幻听。

毕业旅行的最后一天，借着酒意，余小姐答应了一个同去男生的表白。

是严泽的好朋友。

她不知道自己的选择是对是错，也不在乎是不是太草率。她告诉自己，严泽的怀抱没有让她悸动，那是一个兄弟间的拥抱，有属于亲人的安全感。

大概过了半年，余小姐在电话里对严泽说："我觉得咱俩不能再做朋友了。"

严泽沉默两分钟，挂断了电话，二十分钟之后出现在了余小姐的大学门口。他气喘吁吁地对余小姐吼："你下来，带件厚外套，麻利儿的。"

余小姐从宿舍跑下来的时候，严泽正上蹿下跳地取暖。他飞快地冲向余小姐——手中的粉色蕾丝外套。

微醺的余小姐看着他脱下羽绒服，露出里面的夏天穿都嫌薄的松垮背心。

"你最好给我一个好的解释……"严泽冻得上下牙直打战，"我可是撇下了刚准备全垒打的妞来找的你！"

余小姐茫然出神地看了他一分钟，说："没事，我就是心血来潮。"

"× 你大爷啊！你喝多了？在我打死你之前，你还有什么想说的吗？"严泽艰难地穿上余小姐的粉色小外套，又套上了羽绒服，面目狰狞。

"这是你……第十二个女朋友了吧。"余小姐在严泽暴怒的压迫感下回过神来，"哎，我就是觉得，老跟你这种天天换姑娘的人在一块儿，我都要学坏了……"

"哟，跟我兄弟有情况啊。"严泽一秒变八卦脸，坏笑着揽过余小姐的肩，"讲讲！"

犹豫了一会儿，余小姐叹了口气："我喜欢别人了，大学同学。"

"……可以啊你，"严泽也愣了愣，然后笑得前仰后合，"这有啥的。跟着我混，万花丛中过，片叶不沾身。"

他顿了顿。

"别再说啥绝交没法做朋友的话了，像个傻娘儿们似的。"

余小姐往严泽怀里缩了缩，觉得自己当初的选择应该是对了。

有的人因为太重要，所以选择做朋友，因为朋友永远比恋人走得更长久。

这是余小姐高二开始就明白的道理。

余小姐看着严泽羽绒服里诡异的粉红色蕾丝外套，在寒风中冻得通红的鼻子和耳朵，在心里默默地说："那就让我们一直这样走下去吧。

"让我在这个离你不是最近的位置，可以被你揽住肩膀的位置，不会被替换掉的位置，一直看到你最后的归宿。"

余小姐第一次遇见秦雷，是和严泽见面的第二天。

秦雷来接自己女朋友，女朋友还没接到，他看上了坐在米线店门口桌子边抽烟的余小姐。

他正准备上去要个手机号，就看见女朋友从米线店里走出来，坐在了余小姐边上。

他挑了下眉，正了正领子，乐呵呵地凑了过去。

"这是你朋友啊？"

"嗯，余妧，这是我男朋友秦雷。"

秦雷嘴上和女朋友说着话，视线像是被粘在了余小姐身上："你好。"

余小姐点了点头。他不管不顾的眼神盯得她心里发毛。

两天后，秦雷用一帮人一起吃饭的名义把余小姐骗出来的时候，余小姐就什么都明白了。

她觉得真是风水轮流转，自己成了高中时候闺密的角色。脑海里突然浮现了那一年严泽和闺密的背影。

秦雷拉住了她的手，以迅雷不及掩耳之势吻了过来。

余小姐僵在了原地。

秦雷的脸骤然放大在余小姐眼前。她看见他的睫毛在微微颤动，修理整齐的剑眉里藏着一颗痣。

这是余小姐的初吻。

十八岁的余小姐以为自己已经长大了，不会再像个孩子一样去愚蠢地、热烈地爱了。

但这个吻让一切变得不同了。

秦雷和严泽有着本质的差别。五岁的年龄差让他们之间没有那么多的话题可以聊，而密集的吻让他们没有那么多空闲的时间来谈天说地，他不像严泽那样一举一动模糊着余小姐的性别。

对于他来说，余小姐连呼吸都带着雌性的诱惑。

十二天以后，他们上床了。

在一家墙皮脱落的快捷酒店。

余小姐为她的第一次，掏了五十块钱的床单清洗费。

余小姐跟严泽讲了这件事以后，他炸了，说出来的话像涂了毒药的箭镞般恶毒尖锐。

"你是不是傻×啊？你了解那个人渣吗你就跟他睡？万一他有点病你怎么办啊？就算他没病万一他往外败坏你名声你怎么办啊？你什么时候改名叫缺心眼儿了啊？"

余小姐被骂傻了，反抗似的说："他爱我，还不够吗？"

严泽深深地叹了口气。

"我认识你这么多年，真没想到你还是个傻白甜。他那是爱你吗？你知道每个玩刀塔的男人最爱的是什么吗？是抢第一滴血。你这种不穿装备越塔送上门的肥肉谁不爱啊？"

余小姐不玩刀塔也知道他说的不是好话。

她只好说："我爱他，还不够吗？"

严泽说："你听过一句话吗，所有以无耻情欲开头的爱情，往往因无耻而走得更加艰难而结局凄惨。"

他一根接一根地抽烟，狠狠地把烟头捻灭在地上，怒气冲冲地站起来，走了几步又停下了。

他背对着余小姐。

"希望我今天说的一切都是我的小人之心吧。你那么蠢，谁会舍得伤害你呢？"

严泽的话真的成了小人之心。

秦雷动了真心，动心到收了所有不安分的心。从来都是找新留旧的他，第一次和不清不楚的前女友们彻底断了联系，删除了通讯录里乱七八糟的姐姐妹妹。

不睡她的时候，秦雷会给她买上大包小包的零食，陪她上一整天的课。

睡她的时候，秦雷也会买好避孕套，说："宝宝我们有能力了再要，我不想伤到你。"

尽管这真的是一场以"睡"为主旋律的恋爱。

所有小吵小闹的解决方式，所有快乐愉悦的表达方式，都被简单地归结到床上。余小姐很久以后才理解到，并不是每一个人都像秦雷一样，光凭味道就能够轻易挑起她的性欲，和她有着同样的节奏、完美契合的尺寸。

秦雷唯一没办法解决的问题，是余小姐和严泽煲电话粥让他拨进去的数十个电话都占线。

床上床下都没法解决。

多年的好友，聊天内容从来都是八卦不过界，还是前男友的好朋友——几乎等于永远不可能会产生情感瓜葛的闺密。

吵架都找不到借口，无懈可击。

但秦雷不知怎么就是如鲠在喉，软磨硬泡让余小姐离他远点，说这是男人的直觉。

余小姐撇着嘴拒绝了他，说大老爷们儿别这么作。

大概是一年半之后，余小姐刚刚过完二十岁生日，发现自己怀孕了。

尽管每一次都戴着套，明明有着百分之九十九的成功率，可还是有一个小孩子用强烈的求生意念成了那百分之一。

坐在医院里等着做手术的余小姐在那个时间过早地理解了贫贱夫妻百事哀的道理。

两个人的所有存款竟然不到二百。秦雷卖掉 iPhone 的钱，加上想瞒没瞒住的严泽给她的五百块钱，才刚刚够一个无痛人流的手术费和两天的术后护理费。

伴随着潮涌而来的后悔，余小姐觉得自己实在可悲极了。

麻醉药顺着点滴流入她静脉的时候，她盯着手术室苍白的天花板，想起严泽跟她说的话。

"所有以无耻情欲开头的爱情，往往因无耻而走得更加艰难而结局凄惨。"

从床上醒来，因为麻醉效果，她还无法操控自己的身体。她侧过脑袋对守在他身边的秦雷说："我们分手吧，我不要爱情了。"

女人大概分为三种。

一种是多数，先懂得爱情的重要性，年轻时候为了爱情奋不顾身，中年之后意识到贫贱夫妻百事哀。然后有女儿的教育女儿不要盲目恋爱，要找个有钱或者有潜力有钱的——女儿多数不听，仍然对爱情充满期待，重蹈覆辙。

第二种是少数，是听了话的女儿，先懂得了钱的重要性，一头栽到挣钱的路上，一不小心就和爱情扬手说了再见，却在挣够了钱以后发现爱情有多美，不巧发现此生已经追不上青春的尾巴，爱也难再纯粹。

第三种是幸运儿，是珍稀的大熊猫，是对爱情充满期待的第一种人，但第二种人是她们的妈妈。

余小姐从那个时候起，成了彻彻底底的第二种人。

网店、代购、摆摊、减肥药……能挣钱的活儿她全都去做。她不知道自己什么时候会再次需要爱情，但在医院的那种因为没有四百块而不能做复健按摩的尴尬、局促，成了余小姐记忆里无论如何也抹不掉的一块斑。

当然，这是另一个故事了。

在这个故事里，余小姐清醒的时候不爱秦雷，她更爱挣钱和拿钱买包的快感。

只有喝到烂醉的时候。

她连眼前的闺密都叫不出对上号的名字，却能闭着眼准确拨出秦雷的电话。

秦雷永远随叫随到。

陪客户喝到不省人事的余小姐，和闺密玩到深夜喝醉的余小姐，还有莫名其妙的一个人喝多的余小姐。

秦雷接到余小姐的时候，她总是一身酒味儿，烂泥般瘫软着。

余小姐见到秦雷的时候，永远是后半夜，在疯狂做爱后伴着尖锐的头痛清醒过来。

足足五年。

秦雷带着余小姐睡过的酒店，比他们真正在一起的天数还多。

他们之间不再提爱情，只留下了情欲——但和谁睡不是睡呢，怎么就巴巴地深夜跑去睡一个睡了无数次还醉成尸体的女人呢。

余小姐不是不懂。

余小姐说，那些年真是掉进了钱眼儿里，连见他一面都觉得耽误赚钱。

所以多少次独自一人的大酒，都是为了顺理成章地打出那串无比熟悉的电话号码。

余小姐不承认她和秦雷还会有未来，就像她不承认自己真的爱过严泽。

二十几岁的她，说话越来越像当年的严泽，带着玩笑，也像年轻的秦雷，总是半真半假。

她在秦雷提出复合的时候装醉，装睡，装聋作哑，被逼急了才会说一句："炮友不比男友好吗？我又不要你负责任。"

然后趁天还没亮穿上衣服悄悄离开。

却又在下一次醉酒后拨通他的电话。

大年初四，余小姐只喝了半瓶红酒，就拨通了秦雷的电话。

他没接，五年来第一次。

余小姐喝完了剩下的半瓶酒，又一次拨出了那串号码。

"怎么了？"

"过年好。"

"你没喝醉？"秦雷的声音因为讶异而调高了。

"陪我回一次家吧。需要个男朋友交差，不用当真。我在……"余小姐报了个地址。

电话那端的他沉默了许久，才问："余妩，你还爱我吗？"

"不。"

余小姐没有一秒钟的犹豫。

"上次我们做爱的时候，你叫了'严泽'。"他听起来像是苦笑了一声，然后缓缓地说。

"……是吗？"

余小姐打了个哆嗦。她在那一秒突然明白，爱情不是轻飘飘一句"朋友比恋人更长久"就能轻易赖掉的。

藏不住，赖不掉。

"和你分手以后的五年我从来没拿你当过炮友，我就是老有点侥幸，老有点期待。你说你不要爱情了，你说你觉得钱最重要，是因为钱的另一端站的是我吧？如果是严泽呢？

"余妩，你知道最苦的是什么吗……是何苦啊。"

秦雷自问自答地说了下去，直到不知道谁那边响起了漫天的炮竹声，在电话里撞击出遥远的回音。

窗外的一串炮竹声终于静下来。

秦雷说："行了，我不去了，替我跟你爸妈带声好。"

余小姐有时候会想，自己一直以来舍不得的，究竟是秦雷，还是自己曾投注在秦雷身上的爱——当秦雷离开，她将永远不会再遇见那个曾不遗余力去爱的少女。

但余小姐知道，她一定是爱过秦雷的。

或多或少。

你看，不遗余力和爱放在一起的时候，是多么动人的一句话。

所以余小姐舍不得的，也只是回忆里的幻象。

严泽的电话打了过来，他的声音像是刚刚睡醒："真的不用……我帮你糊弄家里人？"

余小姐"嗯"了一声。

"我爸叫我带女朋友回来看看。你要不用我，我可带姑娘回家了。"

余小姐笑了笑："好啊。"

严泽也笑了："说不定今年我就结了，你准备好红包啊。一年怎么也得一千吧，十年……就是一万。"

"瞅你这点出息。"

挂了电话以后，余小姐举着手机，眼眶红了一圈。

"我爱你啊。

"只是爱情太廉价，而你太珍贵。

"我不舍得和你说啊。"

余小姐把牙根儿咬酸了，仍然没绷住那一滴眼泪。然后，就是开了闸般的泪如雨下。

因为是时过境迁仍然觉得太重要的人，是越了界就会害怕连朋友都做不成的人。

所以，是选择了永远做朋友的人。

只是，你牵了别人的手，我怎么还是会哭。

错的时间遇到的对的人，从来不是靠拖延就能等来对的时间。

那些被你拖延过的时间，一点一滴都有着浩瀚的力量，足以把你变成一个或好或坏的，全新的人。

对的人还是对的人。

只是，不是你的了。

他跟我说，

他不怕往后的日子

有遗憾，

他只怕余生没你。

余 生 有 你 ， 不 算 挥 霍

这个逼，一定要装到底。

丸子从来没有这么坚定地下过决心。无论如何，别的全都无所谓，这个逼她不仅要装，还要破釜沉舟地装到底。

意识和行动力一起重新回到丸子身上的时候，她和男朋友躺在酒店的白色大床上。

地上散落着融化的冰袋、解酒药的药盒，还有几个葡萄糖口服液的空瓶。

这些应该都是男朋友从酒局上接走她以后买的。

丸子仍然觉得头部隐隐作痛。但比起前一晚意识残留一半，根本无法操控身体的情况，已经不知道好了多少。

她扭头看了眼身边呼吸均匀的男人，歉意和另一张脸一起，猛地钻进她脑海。丸子绝望地叹了口气，伸手越过他从床头柜上拿过手机。

手机上的两条未读微信，一条来自张锡。

"没事儿了告诉我一声。"

另一条来自卢可昊，内容一样。

"我没事儿，就是断片儿了……"丸子编辑了一条信息，手指停在发送键上迟迟没有按下去。

算下来，她前一天晚上喝了得有半斤多的白酒。

而此刻丸子后悔的是，为什么自己没有再多喝一杯，尽管她的量是啤酒的一杯倒。

她只希望自己真的断片儿了。

可惜并没有。

前一天晚上发生的一切，在丸子刚刚恢复意识的大脑里一幕幕闪过——清晰得像安装了录像带。

尽管酒精让她失去控制，眼前一片黑暗，但触觉显然更真实。他的嘴唇、他的温度、他的味道，还有他的吻……比5D电影还逼真。

丸子打了个哆嗦，想把昨晚的记忆甩出脑海。

"我没事儿，就是断片儿了……"她慌张地从和张锡的对话框中退了出来，把信息发给了卢可昊。

犹豫了几分钟，丸子重新点进张锡的对话框。

"没事儿了，安心。"

然后她做贼般地匆匆关上对话框。

张锡对于丸子，一直是个格外不同的存在。

用青梅竹马形容的话，就太清新脱俗了——因为从来没有过一起在公园草地奔跑、在粉色公主房里过家家的浪漫画面。什么"郎骑竹马来，绕床弄青梅"，都是别人的故事。

就算是发小儿吧。一起翻过墙，逃过课，骗过家长，码过架，特别俗的那种发小儿。

就这么俗着过了十几年。具体是从什么时候才有了点不那么俗的不同，在丸子印象里，大概是从她十六岁那年的大年初二开始的。

那天，是张锡十八岁生日。

一帮人约好一大早去地坛庙会。丸子熬了两个通宵，顶着大黑眼圈就去了，只在出租车上睡了短短一觉。

出租车正好停在了地坛庙会门口等丸子的一帮人跟前。

一帮人都是张锡的朋友，从小学同学到高中同学。被张锡带着玩了十多年的丸子，跟他们比跟自己的同学还熟一些。

眼尖的卢可昊透过出租车窗看见了丸子，几个人笑着上前把睡眼迷离的丸子从车上拖了下来。

那一年他们还都没有女朋友，清晨庙会也还没有那么多人。浩浩荡荡的一帮大老爷们儿，加上丸子，成了地坛庙会最奇怪的一帮人。

丸子被糖葫芦和套圈游戏激发的活力在中午到来之前彻底消失殆尽。她几乎是神游着跟在那些男生身后，拖着机械变换位置的两条腿和眼皮抗战。

周围的人渐渐多了起来，当丸子想找张锡问什么时候吃午饭的时候，她猛地发现，一直在她前面的男生们一个都不见了。

下一秒丸子彻底清醒过来了。

不只是一起来的人不见了，她外衣兜里的手机、钱包全没了。

她停在了原地，慎了两分钟，决定先转两圈找人。

十六岁的丸子孤身一人随着人海走了十几分钟，心里有点发慌，就打算去门口等张锡他们。

不巧的是丸子有点路痴，平时还好，睡眠不足时发作得格外厉害些。那天她像鬼打墙般找不到正确的路，巨大的庙会里她越走越偏，就是找不到门。

又困又饿又累又怕地找到门口，丸子才知道这倒霉庙会不止一个门。

那一刻丸子几乎要崩溃了。

幸好从天而降的天使工作人员，看着欲哭无泪的丸子好心帮她广播："张锡，卢可昊，听到广播请到南门，你的朋友在等。"

帮忙广播的天使姐姐说话带着重庆口音，那之后丸子每次见到重庆人都备感亲切。

张锡是跑着过来的。

从广播结束到他一阵风般把丸子拥进怀里，总共没超过两分钟。

丸子紧绷的神经在张锡怀里松懈下来。她把脸埋进张锡的怀里，伸手从背后紧紧抓住他的外套。

"你丫吗去了啊我 ×，手机怎么关机……"张锡大约是感受到了胸膛湿润的温热，突然住了口。他用力地抱紧丸子。

"没事儿了，我在。"

卢可昊和其他几个男生终于气喘吁吁地赶了过来。

"你丫这是安了飞毛腿吗？！跑这么快！"

"哎，我就说这小丫头片子丢不了吧。"

"瞅把丫张锡急的，跟丢了媳妇儿似的。"

丸子被压抑的困和饿此刻全盘涌上，她也不知道自己怎么这么委屈，不过是一个人丢了两个多小时。

"行了，别哭了。"张锡贴近她的耳朵悄声说。

那个时候丸子脑海里闪过的是，成年真是有着伟大的力量，都能让一个愣头青知道照顾自己的面子了。

她哭得更凶了。

卢可昊还有一圈人都被唬住了，张锡也急了。

"别哭啊你，说话，告诉我怎么了？谁欺负你了？"

丸子声音闷闷地、一抽一抽地说："我饿了。"

张锡长长地吐出一口气，反手握住了她的手。

"走吧，吃完饭回家睡觉。"

她伏在他胸口，听着他回归正常频率的心跳，突然踏实。

她跟张锡说："生日快乐啊。"

那时候的情绪画面，都还真切清晰得历历在目。丸子很难相信，一晃已经过去七年。

"这么早就起了？"张锡的信息秒回了过来。

丸子盯着对话框，浏览着两人之前的对话内容，试图像往常一样。

"哈哈，睡得好吗？"

发送出去以后，她都有心点击撤回了，又怕撤回了更显奇怪。自己什么时候这么说过话。

丸子泄气地栽进枕头里，昨晚满身酒气主动吻上张锡的画面再次呈现在眼前，还有他的回应。

天——啊。

在张锡和那帮朋友面前，丸子是喜怒形于色的人，每一次装 × 说谎都以被戳穿告终。但这一次，她抱着枕头认真地下了决心。

如果不断片儿代表的是她和张锡的关系不复以往，那么，她就是断片儿了。

"不好。"张锡的名称停留在"正在输入"很久，才发来了寥寥两字。

"为啥？"

"不踏实。"

呼了口气，丸子被吊在半空中的心放下来了一点。无论如何，张锡看起来还是张锡，没有因为前夜改变什么。

"醒了？"男朋友闷闷的声音从身侧传来，"你真行啊，把自己喝到酒精中毒。亏你还知道给我打个电话。"

"我给你打的电话？"丸子扭头看他。

"多新鲜啊，大半夜两点多……你喝到浑身发抖，裹着被子都喊冷。一点都不记得了啊？"

"谢谢你……"丸子真心诚意地道了谢。

男孩从背后抱住了丸子，笑："我是你男朋友啊，谢什么。"

丸子有些不自在，没动。记忆由她吻上张锡为中心一点点扩散，圆满起来。

喝酒没有什么特别的理由，以给丸子下周的第一个独立服装展做个预祝 party 为名，七八个人聚聚。

丸子酒量不好，和她的酒胆成反比。

KTV 里，从十点多卢可昊提议喝酒，到一轮过后丸子半斤白酒下肚，不过二十分钟而已。

丸子很少喝酒，一旦喝酒就是有气势的，不养鱼。别人抿一口，她干一杯。第一杯干了，第二杯谁都拦不住。

大概是白酒上劲儿慢。丸子除了反应有些迟钝，不再参与游戏，只是木木地盯着播着 MV 的屏幕，看起来没什么异样，脸都没有红一点。

张锡坐在她身边，和朋友有一搭没一搭地聊着，偶尔回头看一眼渐渐把身体倾斜在自己身上的丸子，一脸无奈。

"我去趟卫生间。"丸子站起来。

"自己能去吗？我扶着你。"有那么一个声音响起，可丸子分不清来自于谁。

站起来的那一刻，丸子隐约意识到这次真是喝大了，自己明明睁着眼睛，可眼前是一片带着金边儿的黑暗。

都没走到卫生间，丸子就倚着墙壁蹲了下来。张锡和卢可昊从包厢中跟了出来。

"回屋里坐着吧，外面凉……"两个男生试图扶起软绵绵的丸子。

丸子艰难地摇了摇头，说："让我蹲会儿。"

张锡朝卢可昊使了个眼色，俯身单臂架住了丸子的胳膊，卢可昊在旁边搭着手。

"张锡。"丸子突然睁大眼睛看着张锡。她背靠着墙，整个人面条似的吊在张锡身上。

"怎么了？我在呢。"他环住她，试图让她站直。

"我爱你。"

一瞬间两个男生的表情都有些微妙，张锡嘴角微挑，卢可昊一副看热闹的表情。

"我知道啊。"他歪着头朝眼前这个烂醉如泥的姑娘笑。

卢可昊哎哟哎哟着，说："有点冷啊，我先回房间了，你们俩慢慢聊。"

丸子盯着张锡的脸，猛地吻了上去。

这是他们之间的第一个吻。

从小到大，他们无数次十指紧扣，拥抱，甚至睡同一张床，穿同一件衣服。

从没有越过界。

一秒，两秒，三秒？

大概过了三秒，张锡回应了她。他的温热席卷了她的唇齿。

疯狂，霸道。

后来丸子抱着马桶吐的时候，她似乎听见张锡在她身后说："我也爱你啊。"

但是马桶冲水的声音和外面的人嘶吼着凤凰传奇混杂在一起盖过了一切，她也似乎什么都没听见。

局散的时候，丸子已经熟睡在 KTV 的沙发上。

隐约听见大家让张锡送丸子去开个房。被酒精冻住血管的丸子冷得发抖，把自己蜷进张锡的怀里。

一件厚重的外衣披在了丸子身上，她感觉到张锡拿过她的手机，迅速解开密码，打了个电话。

是张锡把她交到了她男朋友怀里。

张锡如常的反应和清晨醒来在身边的男朋友，让丸子开始怀疑，自己是不是真的断片儿了，而所谓的吻，不过就是一场梦。

"就算是真的，一个吻而已。光是玩大冒险，就吻过多少陌生人呀。"

丸子冲完澡，照着镜子擦头发的时候对自己说。

卢可昊的一条微信传了过来。

"真断片儿了啊你？我不信……"

丸子死撑着："不信你喝半斤白酒试试。"

她看见卢可昊的名称显示在了"对方正在输入"很久，也没有丝毫动静。她刚放下手机，三条信息就连着发了过来。

"……行吧。"

"欸，丸子，我问你个问题。"

"你有没有想过和张锡谈个恋爱啊？"

年少不经事儿的时候，丸子很黏张锡，好好学习，是为了考上张锡所在的初中、高中。

那几年追丸子的男孩都被高年级的张锡和他的一帮哥们儿挡了下来。丸子天天跟着他们翻墙打牌看姑娘，越来越像个男孩。

再后来上了大学，追丸子的人越来越多。丸子开始谈恋爱了，一个接一个地换，全靠三天新鲜劲儿，好像得了一种只爱不爱自己的人的病。

张锡点评丸子，说："幸亏你是个女孩，你这渣男属性太明显了啊。你要是个男的，得玩弄多少少女的心。"

丸子说："嗨，这不是没碰上能让我踏实下来的人嘛。"

然后张锡就笑，说："也不知道能让你踏实下来的那个人出生了没有。"

她没有男朋友的时候，还像从前一样黏着张锡。开心的、悲伤的事，也还像从前一样，喜欢第一个和他分享。

和张锡混在一块儿的日子越来越长，周围总有自以为看出端倪的朋友劝丸子："你是不是喜欢张锡啊？喜欢就上啊，何必委屈成朋友，还不是想要爱情？"

丸子觉得他们肤浅，觉得他们怎么可能理解自己和张锡的感情。她一次次笑着敷衍过去，这一次却看着卢可昊的问题沉默了许久。

爱情是什么，是你的勃起、我的湿润，是插入的快感、高潮的激情；是世界上那么多"大蜜"、那么多"鲜肉"，我却只想睡你，也想你只被我睡。

是今晚宁愿错，也不愿错过。

而对于他，我想要的是多年以后，他一如既往在我身边，喝一杯酒，抽一支烟，说没有意义的话，聊永远不会实现的梦。

是不带丝毫占有欲的细水长流。

她回复了卢可昊：

"不想。"

丸子的个人服装展被取消了。

消息来得突然，展览前一天晚上，丸子正在做着第二天展览的最后准备，核对PPT，确认每一件服装。投资方的一个电话，一切努力付诸东流。已经发出去的邀请函，一个多月的通宵准备，还有丸子父母已经向亲朋好友说出口的炫耀，都成了最尖锐的利器，对准了丸子。

丸子挂了电话就一个人出了家门，连外衣都没穿。

她甚至看了眼日历，距离愚人节还有遥远的大半年。

她像个飘浮的幽灵，漫无目的地走着，脑海一片空白。冷风从四面八方吹来，吹打着如同在旋涡中的丸子。

她慌张地找寻恶意的来源，却发现恶意无处不在。

红丝绒蛋糕，威士忌加冰，麻辣小龙虾，水煮鱼。

丸子觉得自己需要大吃一顿，醉得不省人事，或者干脆撑死在食物里。

手机响了起来，是张锡。

"出来遛会弯啊？"

"我就在外面。"

"……这么冷的天你吗去了？"

"遛弯。"

"等我。"

电话挂断之后，丸子略略安心，反倒格外地冷起来。她交叉双臂试图给单薄的毛衣增加些热量，突然想起了很多年前的庙会上他把她弄丢了。她也是这么茫然无助地走着，心被恐慌吞噬。

"你丫疯了吧，衣服呢？"张锡迎面走来，看见丸子的时候猛地皱了眉头。他随手弹飞了烟头，脱下外衣，疾步上前一把裹在了丸子身上。

"你丫这手凉得跟——"张锡突然住了口。

丸子无声地把头深埋进张锡怀里，像七年前一样。

他的心跳节奏一如既往，丸子突然泄了气，她平静下来。这些年她一点点加在身上的坚强和独立，在这个熟悉的频率下轻易地全面崩塌。

怀抱温暖诉说着，他在，天塌下来她不用一个人咬牙扛着。

"没事儿了，我在。"

他懂她的欲言又止，也懂保持沉默。丸子知道，他什么都明白，但只要她不说，他就用沉默表示尊重。

就像那个被丸子一带而过的醉酒夜晚，他们再也没有提过。他甚至没有问过丸子一句"你是不是断片儿了"。

张锡点了根烟，递给了怀里的丸子。

丸子接过烟，声音闷闷的："你冷不冷？

"算了，我知道你肯定说不冷……其实冻一冻也挺好的，让我知道了自己有多无力多渺小。我一直觉得自己挺牛×的，有几个人能二十三岁就办自己的独立展呀。结果我他妈就是个笑话。"

张锡知道，丸子的难过丸子的疼，他都无法代替。他能做的就是给丸子一个坚实的怀抱，然后给她点一根烟。

所有负面情绪，都终会和化作白雾的烟一起，燃烧殆尽。

而她的泪透过衬衫，留在了张锡心里。

丸子深深地吸了口烟，尼古丁冲进大脑的瞬间，她有些眩晕。

一晃过去了这么多年，什么都变了，又好像什么都没变。

当年一帮大老爷们儿带着丸子一个姑娘逛庙会。如今除了张锡还单着，几乎所有人身边都有了伴儿。

"那天晚上……"丸子打破了沉默，又留出更多的沉默。

张锡低头看她，手又凉了几分。

"不讲讲你为什么穿件毛衣就跑出来吗？小祖宗，这可是十一月份。"

"个人展被取消了……"丸子叹了口气，"太气人了，说取消就取消。我这一个月都白忙活了。"

"你刚多大啊，有的是机会。"

"行了，你别安慰我。我已经 OK 了。不就是重新来过吗，想帮我办个人展的人多着呢。"丸子踩灭了烟，用力锤了张锡一拳。

她说："走吧，回家啦。瞧你手凉的。"

半个月之后，丸子争取到了去米兰进修的机会。

她兴高采烈地冲到张锡家，举着米兰××学院的报到通知单拍在了正在打游戏的张锡电脑桌上。

"可以啊你。"张锡愣了一秒，然后笑了，"去多久？"

"三年。"

"……"

丸子沉浸在没心没肺的喜悦中，她孩子气地炫耀着："这就叫塞翁失马，焉知非福。等我回来再办个展！让那个出尔反尔的主办单位悔青肠子。"

张锡正在团战。他用"控"，一个大没跟"上"，还卡了队友的路。被他卡住位的主要输出美杜莎死了，张锡的队伍直接血崩，被对面团歼了。

"沙王，我 × 你大爷啊……"

"沙王，你大呢？报警了我要。"

耳机里的骂声打断了丸子的美好构想。

"什么时候走？"张锡盯着黑下来的屏幕，问丸子。

"下下周五。"

"这么赶？"

"嗯……我要去吗？"丸子从喜悦中冷却下来，突然没了底气，"我意语这么差……也不知道那边的人会不会说英语。"

"想去吗？"

"你想让我去吗？"丸子托着腮帮子看张锡。

"我的意见重要吗？"张锡扭头看丸子。

两人对视了几秒，丸子收回目光，深吸了一口气。

"当然……不重要。我要去。"

张锡耸了耸肩，回过身继续玩游戏。

丸子盯着张锡看了两分钟，站起了身："玩吧，我回家啦。"

她走到门口的时候，听见张锡的耳机里又传出了队友对沙王不满意的叫骂。

"行，我送你去。"张锡还是对着电脑，声音稳稳的，就像在说明天送她去公司一样平常。

"送我去哪儿？"

"米兰啊。"他挠了挠头，"你刚才是说要去米兰进修吧？"

丸子回过头笑靥如花。

"我爱你。"

"少来。"

去米兰的前一天晚上，丸子早早收拾好了行李，坐在床边发呆。

张锡的电话打了过来，提醒她别忘了该带的必备品。

丸子嗯嗯啊啊地应着，突然说："咱们回初中去看看吧。"

深夜十一点，丸子和张锡溜达回了他们的初中。学校离他们住的小区不过两站地，两人却都有七八年没回来过了。

学校装修了。大门烫金的牌子、操场的栅栏，还有教学楼的颜色，都变了模样。

陌生里带点熟悉。

两个人顺着操场的外围栏溜达了一圈。丸子突然眼睛亮了，她看向张锡："还记得你初三毕业那年暑假带我翻进学校吗？"

"记得……那会儿你刚多大啊。十三岁？一晃，也十年多了。"

"再翻一次？"

张锡没反应过来："你说现在？"

丸子低头看了眼自己穿的低跟靴子，跃跃欲试："嗯。翻不翻？"

张锡看了眼她的鞋，嘴里说着"你行吗"，一边拉着她的手走向当年那个被他们意外发现的栅栏和传达室屋顶形成的豁口。

"你先上，小心点。"

丸子的手接触到冰凉的栅栏，攀爬上了传达室的屋顶，心跳猛地加速。

两个人窸窸窣窣地翻进操场，都已经气喘吁吁。

"真是没有当年矫健了。"丸子避开摄像头，蹲在熟悉的升旗台底下，点了根烟，"还好是进来了。"

张锡站着看她一身狼狈，头发在风中乱了，牛仔裤上还粘着几根杂草。

"那年你多青春无敌啊。快二十四了你也，能一样吗？现在咱俩要是被抓了，估计进局子都出不来了。"

"真的哎。"

丸子突然意识到自己已经成年那么久了，也像一个成年人一样生活了这么久，隐忍坚强，虚伪无聊。

"被抓了就说咱们是穿越来的，一觉醒来，睁眼就在操场了。"丸子笑。

张锡坐在丸子身边，摇头苦笑。

"好，要是被抓了你试试。"

丸子看着张锡，低声说："我有点紧张。"

张锡帮她掸掉了腿上的杂草："哎呀，别紧张……真被抓了我保护你。"

"我不是说这个。"

"我知道。"

张锡突然抬起头，看着丸子。

"这么多年没离开过家，连大学都是在家门口上的。一走就是那么远，还那么久。你说你不紧张，我都不信。

"但是没事，你是谁呀，我们所有人的骄傲啊。

"再不济，就回来呗。我在。"

丸子盯着张锡，嘴角缓缓扬起："每次都是一句'我在'，跟敷衍我似的。可是我还……真吃这一套。"

张锡撇嘴："本来我也没走过呀，一直在。"

丸子掰着手指算："十七……十八……十八年了呀。这十八年……"

"不用谢。"

"谁要谢谢你了？"丸子翻了个白眼，"别做梦了，我才不会跟你说谢谢。"

"白眼狼。"张锡站起身，朝丸子伸出手，"走吧，回家。明儿还得早起赶飞机。"

丸子握住他伸过来的手。

"哎，张锡，这十八年，承蒙你照顾。"

丸子一整年都没有回国，再回来，已经是隔年的春节。她谁都没提前通知，想把自己变成惊喜。

结果赶上张锡出差东南亚。

卢可昊临危受命去接机。他一路上唠唠叨叨，说："你要是提前说声回来，张锡何止三薪不要了，拼着辞职估计都得把工作推了。"

丸子无语："你以为谁都是你啊。工作大过天，好吗？他要是为了接我而把工作推了，我都瞧不起他。"

卢可昊突然沉默下来，停顿了好久才说："我还真没看出来，你这小丫头都这么有心气儿了。还是张锡了解你。"

丸子玩着手机斜睨了一眼他："他怎么了解我了？"

卢可昊单手握着方向盘，点了根烟。

"记得我问过你，想没想过和张锡谈恋爱吗？你回复给我的那条'不想'，张锡送你去米兰前我给他看了。知道张锡说什么吗？

"张锡说，你本来就不是需要英雄来拯救的那种姑娘啊。

"我问张锡：'你丫舍得就这么放她走？'

"张锡说：'因为我了解她呀。她的梦想、她的征途，是星辰大海啊。无论我有多希望她只要衣食无忧平安快乐就好，她都是要在风口浪尖里披荆斩棘的人啊。

"'那么，我就做她身后拿着医药包、创可贴的人呗。'"

卢可昊最后说："丸子，你知道他爱你吗？"

丸子仰起头闭上了眼睛，说："我知道。

"我也爱他啊。

"这么多年走遍了山南水北，经历了这世界上的肮脏丑陋，心已经是渡了无数次劫的沧海桑田。再见到他的那一刻，我仍然天真如少女。

"我怎么可能不爱他？

"但爱不一定是恋爱呀。

"恋爱会有矛盾，有争吵，有苦恼，有牵扯到现实的考量，还有毁灭。

"但他，是我精神里的乌托邦啊。

"死无葬身之地的爱情那么多，他只有一个。没有余生的期限保证，我怎么敢拿他去满足爱情？"

卢可昊听了就在那儿笑，笑得前仰后合，差点追了前车的尾。

"你们俩作逼，真他妈像。你猜张锡最后说的是什么。

"他跟我说，他不怕往后的日子有遗憾，他只怕余生没你。"

丸子也笑了，笑着笑着，就泪流了满面。

人这一生这么长。那么多的乍见之欢，那么多的今朝有酒今朝睡，也总该有个人让你沉默、克制，让你去装一个所有人都知道的逼，与懦弱无关。

用情太深，而已。

你知道什么是梦想吗？

就是在万籁俱寂，一片黑漆时，那一点点微薄的光亮，恍惚而短命，因为当晨曦亮起时，就雁过无痕了。

先 庸 俗 后 文 艺　再 生 活

　　我端详着苏淇的手，轻轻拂过她手指间明显凹进去一圈的轮廓。这儿曾有个戒指长久地存在过，久到足以留下就算经过时间洗礼淡化却不会消失的痕迹。

　　苏淇对着镜子整理了一下头发，扭头看向面带疑惑的我，顺着我的目光瞥向了自己右手无名指上的痕迹，嘴角微翘。她问我："晚上去吃什么？"

　　我没回答，反问她："没听说你这些年结过婚啊？"

　　她笑意更盛："是没结过婚啊，可是哪个三十多岁的女人没有一段血泪教育史呢？走啦，我们去吃麻辣烫。"

　　于是这个身着华裳位任我们杂志美食编辑的女人就这样拖着我走到了一个支着个小棚子的麻辣烫路边摊。

　　夜已深，麻辣烫摊位上只有两个拖着一脸疲惫的男人，和一个坐在最边上独自无言独酌的女人。

　　看着锅里冒着气泡带了不知是什么黑色物体的混浊红汤，我倒足了胃口。不忍拂了苏淇的面子，我勉为其难地坐了下来，随手挑了几样我认得出的菜品装在了塑料筐里递给了摊主。

倒是苏淇，熟络地和摊主打了招呼，东挑西捡地选了满满一大筐食物。

在等麻辣烫煮熟的过程中，她看着我笑："不习惯来这种地方？"

我应和地扯了扯嘴角，回答她："也还好，就是没怎么来过。"

空气突然静默了。

我再次看向苏淇右手无名指上的痕迹。她看了我一会儿，问道："姜妮儿，你很好奇吗？"

我犹豫了几秒，还是点了头。

她摇了摇头，无意识地摩挲着那一圈凹陷，声音带了点缥缈。

这是很短很简单甚至很俗气的一个故事，也是蔓生漫长的一段岁月，牵丝攀藤，细细碎碎也弥漫了我一整个青春。

大概在十五年前，也就是你这么大的时候，也许更小一些。

你今年有二十了吧？是了，那年我十八岁，高考失利，上了个专科学校。那时候的我年轻啊，自然也气盛。一肚子的悲捌苦衷都化作了发自内心的鄙夷，瞧不起这个学校。现在想想，哪是瞧不起这学校啊，就是对自己太失望，所以干脆放纵了。

那时候我每天除了写写稿子练练摄影，就是泡吧。

每天下午四五点才起床，刷牙洗脸，看看电影打打游戏，再或者就上网淘一些便宜的物件，然后随便泡一桶泡面就着可乐吃掉。总之就是无所事事地耗到八九点，准时去夜店报到。每天晚上都要和一些我醒来就不记得名字的朋友在嘈杂混浊的音乐中喝得半醉半醒，然后三四点溜达回家。如果喝多了就直接睡下，要是喝得少点不足够睡着呢，就随便写点文字打发时间。

日子一天天就这么过去了，总不上学的结果就是半年以后我险些被学校劝退。那个晚上心情更加糟糕的我在 club（酒吧）里遇到了他。

怎么称呼他好呢，他有钱有势有老婆，就叫他"三有先生"吧。

三有先生并没有大部分中年男人特有的大腹便便、满脑肥肠。他很是清瘦，一副精明强干的样子，也勉强算得上风度翩翩。

他坐到了我身边，拦住喝闷酒的我。

稀里糊涂地告诉了他我的名字、住址。他就开车把我送回了家。

到了我家楼下，他搂住了我，灵活地用舌头撬开了我的嘴唇。我当时虽然已经喝了不少酒，但基本的神志还存在。我抗拒地用力推开了他。

他放松了胳膊，任由我推开他。他从我怀里拿过了包，往里面塞了一沓钱和一张名片。

他把包放回了我怀里，盯着我说："苏淇，做我的女朋友吧，我喜欢你。"

我愣了会儿，笑，抱着包拉开车门欲走。

就听见三有先生在我身后说："愿意了就给我打电话，我什么都可以给你。"

托他的福，因为睡得早，第二天早上七点我就醒了，醒了我就去上课了，作息时间就这么被调整了，也成功暂时避免了被劝退的命运。

在学校翻包找饭卡的时候翻到了那张名片和那沓钱，我才回想起前一晚发生过的事情。

那一沓钱是五千，在当时来说，很不少了。

可我没当回事儿，名片随手扔回了包里，钱我倒是收起来了。

那一段算是我大学生涯最平静的一段时间了吧，也想做出个样子来给自己看，白天好好上课，晚上没事就和同学、朋友出来吃点麻辣烫、羊肉串、凉皮、拉面，再喝点小酒，周末拿着照相机出门拍拍照片，拍完了往杂志投一投，就算石沉大海，也算是得过且过。

五千块钱很快花完了，因为想要买个新的相机，还东拼西凑地在同学那儿欠了几千块的债。家里人还是那样，自从我高考失利之后接收到的就只有每月少得可怜的五百块和每次回家都至少五百个的冷眼、五百句的冷言。

可是摄影是我的梦想啊，我都快一无所有了，梦想不能再丢了不是？

摊主端了我和苏淇的麻辣烫上来，和善地咧了咧嘴。

苏淇拿了双一次性筷子递给我，自己也掰开了一双，趁着热乎夹了口菜送到嘴中，哈着气问我："喝酒吗？"

我用力地吸了吸鼻子，不知道干净与否的麻辣烫倒是真的很香啊。

"老板，两听生啤。"苏淇接过摊主递来的啤酒，弯曲手指微微用力，拉开了拉环，自顾自地呷了一口，悠长地吁了口气。

姜妮儿，你知道什么是梦想吗？

就是在万籁俱寂，一片黑漆时，那一点点微薄的光亮，恍惚而短命，因为当晨曦亮起时，就雁过无痕了。

那个时候啊，在短短几天就已经习惯兜里全是百元大钞以后，突然变得连吃泡面都要先想想兜里的钱还够吃几顿、欠同学的钱还有几天还，太难熬了。不是不能跟家里张嘴，但是那个时候觉得，张这个嘴换来的冷嘲热讽太难受了，是会丢了自尊的事儿。

所以我在那个黑漆漆的日子里把上个月还不屑一顾扔到包里的名片找出来了，心里还庆幸了一下没有意气之下把它扔到垃圾桶里。

于是我就用坚持梦想和保住自尊的催眠法说服自己打了这通电话。

再往后很长的一段时间，我没事就会幻想，这个电话打得是对是错。也许没有拨出这串号码，我的人生就会截然不同。

电话很快接通，是一个全然陌生的中年男人的声音。醉酒那夜残存的记忆显然并不包括他的声音。我有些后悔，后悔贸然地就打算向一个半个月前只有过一面之缘的陌生人求助。

他问我是哪位。

我支吾着说我是苏淇。

他在电话那边好像愣了会儿，沉默蔓延到我都以为他已经忘记我是谁而准备道个歉挂电话的时候，他笑了起来。

他说："很高兴你想通了，我会兑现承诺好好对你的。"

他又问我："钱花完了吧？今天晚上有空吗？"

我"嗯"了声。

他说："晚上我去你们学校接你，有事给我发短信，电话有时会不开机。"

在等待夜晚降临的时候我想了很多，都是些没什么用的。想我不能把自己拘禁在这么一个破学校，想我要努力照出更好的照片，想我要有骨气得不能向那些瞧不起我的人妥协。

三有先生的车停在校门口引来了众多人的侧目，黑色的奔驰，黑色的车窗。你要知道，那会儿的奔驰可不像现在满大街都是。于是我装出一副无所谓的表情，带着点压抑的兴奋和骄傲在周围人艳羡的注目礼下坐上了他的车。

三有先生单手握着方向盘，另一只手拉住了我的手。

他问我："吃晚饭了吗？"

我说："午饭吃得晚，还不饿。"

他向左急打轮掉了个头，说："那也陪我吃点去。"

一路沉默，他的手不住摩挲我冰凉的手。而我则试图在不进行大幅度转头的情况下尽可能多地观摩车里面的一切。

他带我去了家牛排馆，那种看起来就金碧辉煌，点两杯黑啤的钱都足够我吃一个月麻辣烫、羊肉串的地方。

周围所有吃饭的人都锦衣华服，谈笑风生，就连服务员的穿着都精工裁剪，衣冠楚楚。我鞋尖的灰尘在灯饰明晃晃的照耀下被放大了数百倍，我极尽局促、窘迫，面上却还是要装得淡定自若，然后谨小慎微、尽量得体地观察和模仿周围的人。那会儿我才真正体会了黛玉初进贾府的步步留心，真是一举一动都唯恐被别人耻笑了去的渺小心情。

牛排上来后，三有先生举起了手中的红酒杯示意我。

他一字一句地说："苏淇，你是个与众不同的女孩，这才是你该过的生活。"

我拿起了手边的红酒杯轻碰他的酒杯，一饮而尽。

我学着他的样子切着牛排，一小口一小口地送进嘴里。

他又说："你这么年轻又这么漂亮，耽搁了，等你失去了会后悔的。"他仰头喝净杯中的最后一口红酒，微笑着看我，温言道，"我不会让你后悔的。"

我不置可否地咽下了嘴里混着浓郁芝士和黑胡椒味儿的牛排。

心里有个小巧的身影四处奔腾大声呐喊："这才是你该过的生活。"

这才是我该过的生活。

从牛排馆出来后，三有先生开车把我送回了学校，他的车停在了学校东门的拐角处。

三有先生递给了我厚厚的一沓钱，比上次的还厚。他说："做你喜欢的事儿，钱不是问题，我出。"

然后他再次亲吻了我，这次我没有抗拒，甚至还回吻了他。直到他的手跃跃欲试地压上了我的胸膛，我才气喘吁吁地推开了他。

看着无可奈何的他，我不知为何竟有些歉意。

做多少工作拿多少钱，那个时候虽然没有明确这种概念，却也有了怎么可能什么都不付出就得到这么多回报的想法。

我看向窗外，对他说，我还没准备好。

三有先生面无表情，他的声音听不出情绪，他说："那你快回学校吧，过两天我联系你。有事可以给我发短信。"

就着苏淇的故事，我竟也一口一口地吃完了碗里的东西。揉了揉吃了些东西反倒更空荡的肚子，我不好意思地在苏淇好笑的目光中又挑拣了小半筐蔬菜、鱼丸，递给了也在专注听苏淇娓娓道来的摊主。

苏淇有意无意地瞥了一眼坐在角落里停下一杯杯独酌，此刻侧耳倾听她讲述的女人。

姜妮儿啊，你知道求生的欲望会有多强烈吗？

现实失落打击和梦想濒临破溃的阡陌交错，像一个巨大的沼泽深渊，我欲挣扎却越陷越深，我欲放纵却惨遭吞噬。

而三有先生只是刚好浮现在我面前长满倒刺却也算美丽动人的救命稻草罢了。

那一沓钱有一万多。

第二天我还清了欠同学的钱，打算去商场买个新的三角架。

不是没去过商场，只是在商场的时候因为价格高昂所以从没关注的东西，此刻全部激越歌舞着跳跃进了我的视线。

三百块的帽子，四百块的围巾，五百块的裙子，六百块的鞋子，七百块的香水，八百块的外衣，九百块的包。

拎着大包小包的我没回学校，直接回了家。

前些天还只会对我翻白眼的人凑了上来，连脸上的细纹都带了贪婪的笑意。他们给我到了热水，嘘寒问暖。

我挨件试了衣服，穿着新买的裙子鞋子，背上了新买的包回了学校。

其余的就留在了家里，两千二百块钱，竟然让我感受到了久违的亲情——叫不叫亲情，难说得很。

我坐在出租车上，看着在暗沉光线下也熠熠发亮的光面皮包，觉得钱真是个好东西。

那个自打住进我心里就没消停过的小人又开始狂吠："这才是你该过的生活。"

这才是我该过的生活。

再次接到三有先生的电话是在半个月后。我的一万块已经所剩无几，正在无比挣扎地纠结于要不要给他打电话的时候，他的电话就那么恰好地打了进来。

这么多年，哪有那么多设计好的事儿，还不是一个个恰好，就成了一块又一块带了标记的见证纪念碑。

三有先生在电话里匆匆约我到月季苑见。月季苑可不是你想象里的月季园，是起了个动人名字的洗浴中心。

在担心了好一阵儿会没钱花的尴尬境地，接到了这个电话无异于接到了领钱通知。于是我兴冲冲地换了衣服就打车奔月季苑了。

你笑什么？当时我真的是那么想的。就像富人总是比穷人更难以接受金融危机——还一定得是那种没完全富起来的富人。

尽管从第一次拨通三有先生的电话开始我就对即将会发生的一切隐约地有了模糊的意识，但是当我敲开了0310的房门，看到只围了一条浴巾的三有先生那一瞬间，我还是萌生了夺路而逃的想法。

当然，仅仅是想法而已。

完事之后，我冲完澡围着浴巾从浴室走出来。三有先生一手拿着手机，一手对我比了个嘘声的手势。

他不耐烦地对着电话说："知道了知道了，我晚上回去吃。别忘了让保姆单独给儿子做出来饭。"

我脑海里一直以来混沌模糊的线条突然明朗并且清晰了起来。

这个比我爸爸小不了几岁的男人，有的不仅是我爸爸没有的事业、钱财，还有和我爸爸一样的妻儿、家庭。而我在做的，是背负了无数骂名的"二奶"。

三有先生挂了电话，眼神似乎带了歉意，然后他的一句话就将我已经要走上正轨的思绪打散了。

他从床边拿过来自己的包，一边掏出一捆捆绑整齐的百元大钞，一边问我："苏，你会开车吗？"

我瞟了眼那捆钱，悄悄地估摸着金额，心不在焉地说："我哪会啊，我还没到十九呢。"

他笑了笑，把钱放在了桌子上，起身下床穿衣服。

"把钱收起来。有空报个驾校班去学吧，学完车，我给你买辆车。"

说不兴奋是假的，在那个还堵不起来车的时候，就算是个清心寡欲的圣女听了也会心动吧，更何况我从来没把自己标榜成圣女。

"二奶"算什么，我从不是守规矩的人。

六个月以后，我拿到驾驶证那天，也如愿以偿地拿到了一把 BMW 标志的车钥匙。

一直坐在角落里的女人恍惚地笑出了声。

苏淇转了头看她，问："你笑什么？"

女人笑着说："笑你傻，那么小就犯了那么大的错。"

她像是醉了，盯着眼前的酒杯低声哼唱：

Easy money

（这钱来得简单啊）

Lying on a bed

（往床上一躺就得）

Just as well they never see

（可他们从来看不到）

The shame(hate) that's in your head

（她们心中的愤恨）

Don't they know they're making love

（他们就没觉得和自己上床的）

To one already dead!

（就是具行尸走肉吗？）*

　　苏淇也笑，她看着那个角落里的女人，一字一句："就算到了现在，我从没觉得这么做有什么错，也从没觉得挣的这叫容易钱。和付出知识付出体力要看老板脸色挣钱的人一样，她们付出了身体和青春，要察言观色，还要承受更多的心理压力。"

　　她换了揶揄的口吻："更何况又无害社会，一对一专一，身体健康。如果不是行尸走肉，每一个有理想的人都可以很牛×。"

　　可是我还是犯了错。

　　姜妮儿，你知道规矩和道德的区别在哪儿吗？

　　如果你够坏，你可以毫无顾忌、肆无忌惮、变本加厉地不守规矩，你无所谓；可是一旦越过了道德底线，无论你

　*《悲惨世界》的《漂亮的女人们》（Lovely Ladies Lyrics）唱段。

有多坏，你有多努力让自己堕落，你都无法把无时无刻刺在你心某个角落的那根针拔出来。

心的那个角落，叫良心。扎在上面的针，叫道德。

和三有先生在一起的时间比我想象的要长得多。其间萌生了无数次等我买了这个新款相机，或者找到一份挣得足够多的工作时，就断了和他的联系，消失掉——可是你知道的，欲壑难填，相机永远在更新。而我投到杂志的系列照片还是一如既往地石沉大海。

五年转瞬即逝，大专毕业后我选择了续本。手握本科毕业证书的我，心一瞬间空落落的了，那一刻我才意识到，手中这个不足 A4 的薄本，正式终结了我长达十七年的学生生涯。前途一片茫然，感情一片茫然。

我坐在那辆现在已经落了薄薄一层灰——可是曾经每天都被我带到洗车房洗得光鲜亮丽让我虚荣心无限满足的红色宝马里，拿着最新款的手机犹豫要不要给三有先生打个电话。

看着反光镜里的自己，裙子带了褶痕，眼睑带了层薄薄的青，脸上交错着疲惫和憧憬。然后我突然意识到，我的一切，都来自他。

诚然我付出了很多，可是如果没有他，我就算付出更多也一无所有。当有一天，我脸上的憧憬消失，只剩疲惫，就会有新款奔驰替换我这辆宝马吧。

五年，三有先生的车换了一辆又一辆，我握着毕业证第一次有点庆幸我没有像他当年那辆奔驰一样被他换掉。

也许是患了毕业焦虑症，我心慌意乱。

在我准备放弃给他打电话的时候，又是那么恰好，他的电话打了进来。

我去洗了车，又花了两个小时化了精致的妆，三个小时做了个新的发型，然后仅仅用十分钟就在商场里挑了一件价格不菲、款式简单的桃红色连衣裙。

我熟练地把车开进车位，走进五年前那家让我局促不安的牛排馆。五年前仅仅是个领班的男孩已经成了这家店的经理。

他脸上堆了殷切的笑，跟在我后面问："苏小姐来啦？还喝上次存的那瓶拉菲吧？"

我微笑点头。

三有先生赶来的时候，我已经独自一人喝下了一大半的酒，脸上带了酡红的我看着他笑。他拉开椅子坐在我对面，也笑。

他说："恭喜你。"

我笑。

他又说："你今天真漂亮。"

我举起酒杯浅酌："我什么时候不漂亮？"

他大笑。

牛排馆的客人渐渐吃完了，这个偌大的宫殿式餐厅只剩下了我们两个人。眼前陡地暗了，灯换了幽暗的红色，头顶上由轻到重地响起了席琳·迪翁的《我心永恒》。

三有先生的脸也梦幻了起来，皱纹不见了，全藏到黑影里去了，我在黑暗里微笑，这张脸，就这样，我也看了将近五年了。

他拉过我的手，仔细端详，拿了个什么比画来比画去。

咻地一下，灯又亮了起来。灯一亮，就有些人事皆非了，席琳·迪翁还在唱着《我心永恒》，三有先生还是老得像父亲的三有先生。

我的手上却多了个清丽剔透、圆润精致、流光溢彩的石头小圆环。

美得让我挪不开视线。

三有先生还是那张微笑的脸，他用陈述的语调问我："喜欢吗？五克拉，祝贺你大学毕业，也祝贺我们在一起五年。"

没等我回答，他的手机就声嘶力竭地响了起来。

他避开我接电话，隐约听到的是他不耐烦的语气软化了下来。他挂断电话，走到桌边匆匆拿起了包，略带歉意地跟我说："淇淇，你自己吃吧，我儿子发烧了，我得赶紧回家。"

我微笑点头。

摩挲着手上冰凉的钻石。五年，我无数次云淡风轻甚至略带庆幸地看着他离开。此刻看着他的背影，我收起了笑容。

第一次，心里无端地溢出了些不知名的酸楚情绪。

苏淇晃了晃手中的空酒瓶，按着太阳穴，略带遗憾地说，可惜明天还要修图送审，不能再喝了啊。

我听得入了神，试图把眼前这个开马自达带着和煦笑容怡然自得地坐在路边摊喝廉价啤酒的时尚杂志美食编辑和那个开宝马戴着五克拉钻戒在高档餐厅里喝红酒的刚毕业女学生联系在一起。

显然不太成功。

角落里的女人不易察觉地朝我们挪了挪。

姜妮儿，这世界很庸俗吧？

可是幸好，我只是偶尔附庸风雅而已。

那年我二十三，有个不牢靠的物质支柱，脑海里却一片空白。关于未来，我甚至不敢想。因为恐惧，也因为有那么一点点期盼物质支柱变牢靠，我把物质支柱借来当精神支柱用了。

那是我犯的错。

从不守规矩到失去底线的不可挽回性错误。

我在这份他喜欢我身体、我喜欢他的钱的纯利益互动里掺了感情。

在我十八岁时都清晰明辨的道理，此刻却因为生活而被我刻意地文艺化起来。

我给自己改了标签，从"二奶"到"小三"。

毕了业，闲暇时间突然多了起来。

三有先生给我租了套很大很豪华的私人公寓。一个人，养了只猫，三有先生一个礼拜过来一两次，做爱，吃顿饭，留些钱，只是从不过夜。

头几个月也算过得舒心。

那天正无聊，接了快一年没见过面的大学同学的电话，约着晚上出去吃饭。

我欣然赴约，不曾想聚餐地点是个大排档。而从同学的神情中我看出来，身着繁缛华丽的我就像误入兔子洞的爱丽丝，笨拙可笑。

我只能将矜持挂在脸上，坐得杆直，比她们都高似的，冷冷地偶尔啜口水，听她们亲热地彼此聊工作聊男友。

有个谁招呼我多吃点，不经意瞥见了我握杯子的手，咋咋呼呼地嚷嚷起来："苏淇，你结婚啦？怎么也没叫我们参加婚礼啊？天哪，这是真的钻石吗？怎么这么大个儿？"

我勉强地笑："哪能这么快就结婚，男朋友送的礼物而已。"

她们就喧嚷着玩笑地闹了起来："运气真好啊，有个这么大方这么贴心的男朋友。"

我不言语，若是三有先生只是两有先生，没准真的会是个大方贴心的好男友。

她们又问："现在在哪儿上班呢？"

我想了想，说："在个私企做老板秘书。"

终于她们不再追问。我意兴阑珊，看着满桌狼藉、周围穿着随意的人，有意无意地摩挲着手上的钻戒，起身推说不舒服就回家了。

家里幽静黑漆，等待着我的只是那只绵软的加菲。

我饿着肚子把自己深陷在柔软的沙发里，微合了眼。脑袋里混乱地穿插着三有先生、他手机那端的声音、没了电话的两有先生，还有一沓沓从他手中到我钱包的红纸。

我睡了很久，再次睁开眼已经是第二天下午七点，因为三有先生的敲门声。

像往常一样，完事后，我倦怠地躺在床上，看着洗漱完毕准备穿衣离开的三有先生。不知是寂寞心还是疲惫心的指使，我鬼使神差地伸手拽住了他。

我的声音听起来不像我的，那声音听起来带了点祈求："今天别走了，好吗？"

他愣了愣，估计心里也因为这不知道是谁的声音而打鼓。他说："你知道的……我不能——"

我打断了他，说："就今天，就这一次。"

他额头蹙起的皱纹渐渐松弛了些，他坐回了床上，说："好。"

那天，我彻夜未眠。我只是借着窗外照进来的稀薄月光看着这个年过半百熟睡着的男人。

清晨我早早地起了床，想象着自己是一个新婚的妻子，给还没起床的丈夫做早餐。

我从冰箱里拿出面包片、芝士块、火腿肠、牛奶，还有两个鸡蛋，生疏地把面包片放进烤面包机，研究着上面那几个小小的按钮——这玩意儿自从买回来我还是第一次用。

花了整整一个小时，我才七零八落地做了两个抹了芝士夹了火腿肠的汉堡、两个炸过头的鸡蛋和两杯冰凉的牛奶。

三有先生站在桌边一副哭笑不得的神情。他只咬了口汉堡，就放下了一万块钱，接着电话匆匆离去了。

我一个人吃完了两人份的早餐，撑得胃疼。

傍晚时候他发来了短信。

"别做饭了，这不是你该做的活儿。我给你在××杂志社找了个美术副总监的工作，下礼拜一早上去报到吧。"

我惊讶地睁大了眼，错愕地看着专心吃着碗中已经要凉下来的麻辣烫的苏淇，情不自禁地问她："那家杂志社多出名啊，还是副总监，那你干吗来咱们这儿啊，又破又小。"

苏淇笑："因为这儿接收的才是这个足够好足够有能力的我，而那儿接收的只是三有先生的面子而已啊。"

姜妮儿，你知道什么是成熟吗？

当有一天你满钵而归却不浮夸不虚张，你已经半只脚踏进了成熟；又有一天你一无所有却依然明澈微笑，因为你知道并坚信你还有个这么好的自己，你不需要成熟了。

在那家杂志社没有人敢指使我做任何工作、没有人在意我是否迟到、没有人询问我一点关于摄影的问题，我仅仅是在每月底都会雷打不动地收到写着五千块钱的工资条。未曾想一待我就待了整整六年。

蹉跎了我最美好的青春。

六年。

我搬到了他新买的别墅里，开着三年前他给我换的新款宝马，还带着那只已经从幼年步入中年的加菲。它的脸似乎更苦大仇深了。

总是吃好喝好又总无所事事的我似乎胖了不少，以至于当年戴着还略显宽松的戒指那时紧得已经摘不下来。

也似乎是老了不少，因为当初每礼拜必定会见我一两回的三有先生那时常常一个月也不露一回面。

他已经快六十岁了，却依然不减对车的热爱。他不再痴心于奔驰、宝马，开始喜欢保时捷那种洋溢着青春气息的车。

那天是我三十岁生日。

本是不想过的，但是毕竟也是一个新的篇章，于是我买了个小蛋糕，给三有先生打了电话。

他带了礼物匆匆赶来。

岁月没有折了他的锐气，他的事业还在蒸蒸日上，他还是那个三有先生。

所以在蛋糕还没切开、礼物还没拆开的时候，一个电话，他再次略带歉意地离去了。

我一个人坐在桌子旁边心情平静地吃完了小蛋糕，说是小蛋糕，但再次撑得我胃疼。留了一小块强打着精神去喂了加菲。

我舒展地躺在沙发上抱着笔记本翻看充斥着各种垃圾信息的邮箱。

一条躺在垃圾箱里，标题是《你应该感谢我》、时间是三年前的今天的未读邮件引起了我的注意。手不受控制地点开了这封迟收了三年的信。

"你好，苏。不知道该怎么称呼你，就直呼其名了，希望你不介意。很久以前我就知道你的存在，我早在住进豪宅开上豪车的第一天就设想过拥有这样一个老公，我的婚姻里会出现多少个前仆后继的年轻女人。你的出现在我意料之中，你不是第一个也绝不会是最后一个，所以我不闻不问、专心扮演好我的角色。只是你竟然和他在一起了九年，这远在我的意料之外。可是我意料之外的还有更多。

"比如说为了庆祝你的二十七岁生日，他向我提出了离婚。

"我们从谈恋爱到结婚到生子到现在三十年，比你的年岁还要大啊。他连分手都没有说过，今天，他为了年轻漂亮的你，和我说了离婚。

"但我不能没有他，我已人老珠黄，就算他的人和心都早就不属于我，那一纸婚书也是我整个世界的支点。

"所以我做了我多少年来最不屑的事儿，我撒泼打滚上吊，我用儿子威胁他。

"我留住了他，可我并不觉得对不起你，我不相信你会有多爱这个比你父亲还大的男人，你只是爱着他带给你的不劳而获的生活，不是吗？

"这就是我的生活，面目全非却也要过下去的生活。而你一意孤行向往的应该不会是这种生活吧？

"苏，你应该有更好的生活。愿你生日快乐。"

电邮那端的女人显然不是我想象里的电话那端穷凶极恶的女人。而三有先生竟然曾因为我而试图离婚。我蜷着身子，感受着伴随一点感动的铺天盖地的罪恶感。

半夜我醒了过来，口渴难耐，迷迷瞪瞪地打开冰箱拿了矿泉水，却手软无力得拧不开瓶盖。

无法，我接了杯自来水喝了。

回到沙发上，却再难以入睡。弯腰从茶几上拿起遥控器，却一个手软把遥控器掉在了地上。我开了灯捡遥控器，却看见酸软无力的右手戒指周围一圈肿成了扎眼的青紫色。

我慌了神，却无论如何也摘不下来戒指。涂了香皂，涂了橄榄油，全没用，戒指像是长在了我手指上。感受着手越发冰凉越发无力，我焦虑地摸出手机，打算给三有先生打电话。

号码摁出了一半，我关上了手机。

于是我躺回了床上，等天亮。

在五金店刚刚开门的时候，我冲了进去。店伙计小心翼翼地帮我钳断了戒指。

我揉捏着被束缚了七年的手指，把断戒带回了家。

这是我三十岁的第一天，我坐在桌边端详这个依旧剔透精致的钻石断戒。直到饥肠辘辘的加菲蹦到了我的腿上告诉我时已是晚上了。

我打开冰箱，拿出加菲的罐头，加热了以后倒进了它的碗里。

漫漫长夜，我早早地洗了澡，香甜地睡了一觉。

第二天早上，我从包里翻出了 BMW 的车钥匙、房门钥匙、断戒、手机、信用卡，把它们和那个未拆封的礼物一起规规整整地摆在了桌子显眼的位置。

然后我拿了张纸，写了张字条。

"不愿再假装爱你来填补只拿钱的空虚，勿念，再见。"

想想又攒成了团扔进了垃圾桶。

然后我抱起加菲走了，还带上了两罐猫罐头。

有谁说过，物质变成测量精神的温度计，每一种被你崇拜的物质，都指向心里的某一个缺口。

我抱着加菲漫无目的地走着，不惶恐不忧虑，我看见了那个美好至极的饱满灵魂——我的灵魂，它轻诉着将永不背叛地陪伴我。

那种感觉让我相信，它远比任何钻石任何感情来得恒久。

得失永远和选择相伴。

我选择了蒙着面纱若隐若现着动人和荆棘的生活，所以我现在生活得也很好。

角落里的女人已是泪流满面，她哽咽着向苏淇道谢，然后匆匆离去。

我回味着苏淇的一字一句，问她："后来呢？你和三有先生没再有过交集吗？"

苏淇看着女人离去的背影不置可否，收回了目光，瞥向无名指凹陷的痕迹。

我又问："你怎么回到生活里的？"

苏淇付了摊主二十二块钱，拉着我走出了麻辣烫摊。

她神秘地附在我耳边悄声说：

"从麻辣烫开始。"

蘑 菇 蘑 菇 不 开 花

　　起初我以为沧海桑田只是一个词语。很久很久以后我才理解，沧海真的会变作桑田。而我们这些小心翼翼行驶的船，不经意间，就会搁浅在时光里。

　　我努力地让五官看起来下垂呈悲伤状，看着面前男孩的脚尖，表示对他的尊重。几秒钟前，我和他说了对不起，以及分手。

　　有那么一瞬间，我想抬头看看他悲痛欲绝的表情来满足自己此刻张牙舞爪的腹黑一面。

　　后来一想，算了，你只教会我不要把青春浪费在不爱的人身上，又没有教导我落井下石。

　　几个星期前在 club 里看见 Daly 的时候，我着实被惊艳了。他很高又很帅，高鼻梁白皮肤，像个基因合成良好的混血儿。当我第三次和他对上视线维持了几秒后，在姐妹们的调笑声中我走过去向他要了手机号。

第二天早上，他成了我的男朋友。

起初我们如胶似漆，激情四射。但是很快，最近在映的每一部电影都看完了，星巴克的每一款咖啡全都尝试了，我们只好在周而复始中无所事事。

前一天晚上，我百无聊赖地盯着震动的手机，丝毫没有接起的想法。屏幕上他的名字闪烁，脑海中却朦胧模糊，我开始绞尽脑汁回忆他的面孔。

我没能想起他的脸，却想起了多年前你对我说的话。

"激情在的时候，爱情活。

"激情没的时候，爱情死。

"早死晚死，都得死。"

那年，周围无论帅或不帅的男同学都还是温良俭让、书生气十足的学霸，你嘴角微挑痞笑着说出这些话的时候，冒着星星眼看着你为你着迷的我心里想的是，能够死在你手里就好了。

初一时看了太多台剧的我打心眼里看不上那些心智开发尚不完全的同龄男孩。那天上操时我看见了他——全校唯一一个没有穿校服的人，被教导主任站在主席台上点名批评。

"高一（2）班秦逸。"

我记住了他的名字，和一身白色运动服的他。

那年《恶作剧之吻》正在热播，傻笨呆憨的袁湘琴拿下了全校最帅最聪明的江直树。我照了一夜的镜子，觉得自己虽然长得不比袁湘琴好太多，但应该比她聪明得多，这赐予了我无限勇气。

第二天，我顶着一夜未睡的黑眼圈，捧着一封情书，在午休大家都聚集在楼道时，众目睽睽下，跑到高一（2）班找到了秦逸。

事实证明，作为一个灰头土脸的初中生，我比袁湘琴还要蠢。

她起码是被江直树嘲讽之后拒绝的，而我是被一个烫着和她身材一样波涛汹涌的头发的漂亮女孩羞辱之后拒绝的。她挽着秦逸胳膊问我："你一向都喜欢给别人男朋友写情书吗？"

傻呵呵地反应几秒后我问她："学校不是不让烫头发吗？"

我成了整个初一、高一的笑柄。

多么可怕，高一、初一这两个相距三年的年级在同一个楼层。那天我窝在教室里不愿出班门，就连上厕所都深垂着头希望自己变成隐形人。

而垂头让我更加清楚地看见自己一马平川的身材，和挽着秦逸的女孩形成了强烈的对比。我想自己没戏了。经过这么一个事件，我的整个初中生涯恐怕都要因此低头做人蒙混过关了。

尽管如此，我仍然幻想了一下自己挽着秦逸胳膊的场景，然后深深感觉到一阵汹涌的幸福感袭来。

放学后我被留下一个人做值日，同学们沉浸在我白天闹的笑话中嘻嘻哈哈地走光了。那会儿我就觉得世事无常，明明应该是我看不上心智发育不全的他们，可是我还没来及把嘲笑表现出来，自己却率先成了笑柄。

我擦着黑板，余光瞥见秦逸拎着一袋麦当劳靠在班门口朝我笑。

板擦啪的一声掉在了地上。我下意识挺了挺胸，准备趾高气扬地迎接转机。

秦逸长得很痞气，和台剧里的花美男们不是一个路数，有点像港片里的山鸡哥。这是我第一次看见他笑，两个浅浅却明显的酒窝旋涡般吸住了我的视线。

他不笑了，问我："有那么好看吗？"

我点头。

他又问我："我是你的初恋吧？"

我点头，想了想，又摇头。

他竟然懂了，喃喃自语道："也是，表白被拒应该还不算恋过。"

我瞬间涨红了脸，白天可怕的一幕再次在我脑海中回放了一遍。他笑起来，把手中的麦当劳递给了我，说："你做我妹妹吧。"

我盯着他的酒窝接过了麦当劳，问他为什么要我做他妹妹。

他伸了个懒腰转身离开，留下一句话：

"世事苍茫，唯有美食和好姑娘的初心不可辜负。"

我没听懂，但是我知道我完了，因为那一刻我觉得秦逸比江直树、仲天祺、王亚瑟加在一起还要帅。

我一直相信，有那么一种固执的相信和等待，可以冲破所有藩篱，跨越全部障碍，像两颗遥遥相对的恒星，在漫长的人生境遇中交会，与彼此轨道上的光芒融为一体。

喜欢秦逸的日子，真是足够漫长的一段，漫长到周围的朋友都变成了旧友，当年的笑料都变成感慨。

我从不关心秦逸身边换来换去的女人是谁，就像在他高中毕业那年的欢送 party 上我才知道原来整个初中部三分之一的姑娘都是他妹妹。

秦逸的爱情观和我的大相径庭。他说青春要及时行乐，因为过了青春行得再远再离谱，也很难乐起来。他还说，鹅肝、海胆吃久了也会腻，偶尔尝尝大白菜也算清口清肠。他最常说的就是，兴许这一辈子都会不得已地耽误在一个错的人身上，所以在年轻的时间里，一分一秒都不要耽误在不爱你或者你不爱的人身上。

我知道他这都是在明示我不要纠缠他，不要吊死在他一棵树上。

也许是受台剧茶毒，也许是我脑海里真的绷了一根写着长情加纯情的线，莫名地我觉得他只是在玩，而我在等浪子回头。为此我还庆幸自己小他三岁，等得起。

总之那些年私以为，他爱谁都和我没关系，我爱他也和谁都没关系。

高二我翘课去数千公里外的城市找他，没有告诉他。语言不通导致凌晨才千辛万苦到了他的大学。他撇下嘟嘴撒娇的女朋友带我去吃路边的麻辣鱼蛋，我被辣得眼泪哗哗流，看见他像五年前那样对我笑。

酒窝浅浅。

这么多年张扬的单恋怎么可能一点委屈没有，我喊着"好辣好辣"，又往嘴里塞了一颗滚烫的鱼蛋让眼泪流得更加顺畅。

秦逸把我的头搂进怀里，他说："我的妹妹就剩你一个了。"

第二天，因为秦逸未归而哭了一夜的女朋友因体力不支，发烧而进了医院。秦逸抱歉地来看我，给我买了份麦当劳，替我打上了去机场的车。然后他匆匆跑回了医院。

我在出租车里看着他缩小的身影，觉得那些堆积在我心尖的思念和爱悄悄质变了。

Daly 问我为什么在他还爱我的时候说分手。我没有你那样的口才，就把你的原话送给了他。

"激情在的时候，爱情活。

"激情没的时候，爱情死。

"早死晚死，都得死。

"当爱情死的时候，我会将你安葬。"

"最后一句话不是我说的，"回头看到你时我很诧异，你笑着看我，"高三了，课文不好好背，我的话倒是背得挺熟。"

你张开了怀抱，我没有犹豫，扑了上去。身后 Daly 的脸色涨成猪肝色。

Daly 在我背后说："我以为他们说你换男友像换衣服是恶意中伤，没想到是真的。"

我懒得解释，拉着你的手离开。

学校里只剩下我们这一届的学生还认得你，猛然看见我们紧握的手都笑着打趣。你附在我耳旁细语："要么，我就在这六年之际成全了你？"

我没有想象之中的喜悦，意外慌张。这一刻只要一句话，我就会圆了我十二岁起的夙愿。可那一句话还没说出口，我就看见了所有年轻爱情的归宿——这个世界上哪有什么爱情不是千疮百孔的？

我不想有一天亲手埋葬你，我的一整个青春。手上传来的温度让我略略放松，不着痕迹地调侃："六年哪够啊，等我三十岁那年，你未娶，我未嫁，咱俩就凑合吧。"

你愕然、了然、释然的表情我尽收眼底。

聪明如你，当然懂得，在你六年的潜移默化调教之下，我已经成了另一个你。

你离开之后，朋友们纷纷关心地询问，得到"还是兄妹"的答案后像照顾重伤病人般安慰我，替我遗憾，觉得我只是在逞强，强颜欢笑。

然后我才意识到，在这一场没开始过的恋爱里，我奋不顾身飞蛾扑火地把自己全部的爱一股脑儿地投掷，然后石沉大海。海照单全收，回应的弧线却反射得太长了。

　　就像如今我已经不再看台剧。记忆里的因为模糊而美好，如今再去看，只会存了一心"槽点"，吐不尽，咽不下。

　　就像这世界上，最终和最初能够起承转合一气呵成的爱情，只在电影和小说里。

　　我没有逞强，我已经足够幸运。

　　有多少人都希望在漫长时光洪流里，还可以以朋友名义守护那个自己用一整个青春期待过的爱人。

　　谁说过，这个世界上最好的关系，就是你喜欢他，他喜欢你，你们却没有在一起。

一 夜 情 后 遗 症

　　我忘了从哪儿看到过一句特别有道理的话："所有的一见钟情都是因为对方长得好看，而所有忧伤的一见钟情都是因为自己长得不如对方好看。"

　　这话在我脑子里搁了许久，那会儿却怎么也没想到，我忧伤的一见钟情会变成被一夜情。

　　一夜情的解释那么多种，而我的可能是最俗的那一种——她负责一夜，我负责情。

　　而最初的最初，在我还没有意识到我们分工这么明确的时候，我就开始出现了第一项后遗症：开始回忆从碰到她那一秒起的每一个瞬间。

　　在身边的人每天用各种 APP 刷姑娘的时候，日常沉浸在刀塔里的我总被室友"安利"。

　　但是不管怎么说，一直自诩三观端正的我从来没想过"约炮"，再无聊都没想过下个陌陌、探探，再寂寞的夜里也没想过找个姑娘凑合睡一夜算了。

直到碰上苗禾。

第一次见到苗禾是在后海银锭桥旁边最小的那间酒吧里，小小的酒吧几乎被我们两所大学联谊的学生承包了。昏暗的环境中，空气里充斥着积攒已久集中迸发的荷尔蒙。就是那天晚上，我忧伤地一见钟情了。

该怎么形容那一眼呢？

她是熟悉的，我是陌生的。

周围虚幻了，感觉还真实着。

她穿条藕荷色长裙，套了一件咖色风衣，坐在角落里的卡座。周围是一圈儿男生，大部分一表人才，也混进了几个没有自知之明的。桌子上堆满了洋酒啤酒混合的"炸弹"。她握着骰盅，来者不拒。

我被那种熟悉感迷惑了，但仅仅持续了一分钟。

当我回过神来，她已经在众人的起哄声中站到了酒吧中央。风衣和长裙在她手底下自然地一件件剥落，只剩下贴身的紧身背心和热裤包裹着她扭动的身躯——翘臀长腿。我在下面看着她，觉得口干舌燥。

我试图收回视线，却一不小心对上了她扫过来的斜睨。

把我从宿舍里拖出来的包炎拿着两听啤酒坐到了我身边，也注视着正在台上热舞的她，嘴里总不忘调侃我："我终于相信你是直男了，这种眼神看姑娘，Gay 做不到。"

她的身体还在摆动着，视线停在了我跟前，和我的追随黏着在一起。酒后微醺加上舞动的热量使她面若桃花。

"她叫什么？"直到她下了台，我才微微侧了头问包炎。

"音乐学院的苗禾啊。你竟然不知道？"他讶然，"也是，你天天只会打刀塔，能知道什么。她很出名的，你不会看上她了吧？"

我默默地背过身强行中止了视线对她的贪恋："会有男人看不上她吗？"

"这倒也是。我可是好心劝你，她级别很高的，不是你这一挂可以碰的！"包炎神秘地靠近了我，"我听说，她前男友是咱们学校一个教授。"

我心不在焉地点头，完全不关心他在说什么。

苗禾坐回卡座，恢复了"呆萌萝莉"的脸。这张脸让我觉得熟悉。她的酒杯被凑上来搭讪的男生们一次次斟满，她也一次次笑着喝干净杯中酒。

苗禾笑起来的样子褪尽了她身上最后一点成熟与妩媚，大眼睛弯成了月牙，小巧的嘴唇抿在一起。

她的目光几次扫到我，四目交错，很快移开。

或许是酒精的作用，也或许是昏暗的灯光给了我勇气，一向不太自信的我出奇地肯定，她对我有意思。

我觉得，她看我的眼神和看别人的不一样。

如果说回忆起她和回忆别的有什么不同，那么大概是通常的回忆都是彩色的，而当她出现在我脑海里的时候，画面是黑白的，背景动作是机械的，只有她是彩色并且生动的。

我记得她对我说的每一句话，也记得自己每一个愚蠢的反应。

她喝多了，脚步已经不稳，还没有多到不省人事。她穿过那群僵硬的黑白屏障，跌跌撞撞地扑到了我怀里。

她一手搂着我的脖子勉强站直，转身对跃跃欲试的男生们解释："他是我的邻居，可以送我回家。"

她柔软的手背在身后，递给了我一张房卡。

嫉妒也好，无奈也好，终于大家渐渐散去，只剩我们两人和坐在我身边目睹一切的包炎。

他拍拍我肩膀起身离去，我辨认出他夸张的口型。

"心不动，则不痛。"

我懒得理他，心里飞速地估摸着苗禾的真正意图。其实就算已经到了她的房卡在我手中这样一个微妙的境地，我都没有想过一夜情这件事。

我一直在想，我应该做些什么才会让她第二天清醒之后同意做我的女朋友。

我送她回了酒店，不是普通学生会凑合一夜的小旅馆，而是高档、豪华、配套泳池的那一种。

她看上去清醒了些，整个人软软地依偎在我身上。电梯里我问她需不需要我去买点饮料，她眯着眼睛妩媚地看着我。

"你舍得走吗？"

我就算是头猪也明白她的意思。

从那一刻起我就开始不断地做蠢事了，比如翻来覆去地弄错了房卡方向，好不容易搞清了房卡方向，房间还是打不开，才发现房间号是 2001，我却在 201 面前较劲个没完。

她靠在酒店的墙壁上摇着头咻咻地笑。

"你一个大男人，紧张什么？"当我手忙脚乱到撕不开杰士邦的包装袋时，她拿起被子裹住自己，坐直了盯着我。

我几经犹豫，终于下定决心问一个奇蠢无比的问题："为什么是我？我们才第一次见面。"

她扑咻地笑了。

"因为我不喜欢动熟人。"她像是费力地憋着笑，"也可能因为你长得像个好人。"

苗禾语气里调侃的意味让我着火般不自在。酒意大概是被突如其来的好人卡激发出来了，我握住她的手把她拽进了怀里，强势地吻住了她。

我记得那是我和她的第一个吻。我含住她的嘴唇，在无骨的柔软里觉得自己拥有了她。

接下来一切都顺其自然地发生了。

第二天早上我是在水声里醒过来的。身边的位置已经没了温度，怀里也是。

我看着她围着浴巾走出来，蹑手蹑脚地换衣服。湿漉漉的头发还粘在光洁的背上，水珠滴滴答答砸下来。此刻的她和昨晚有些不同，我说不上来。

她没注意到我醒了，换好衣服，从包里翻出框架眼镜

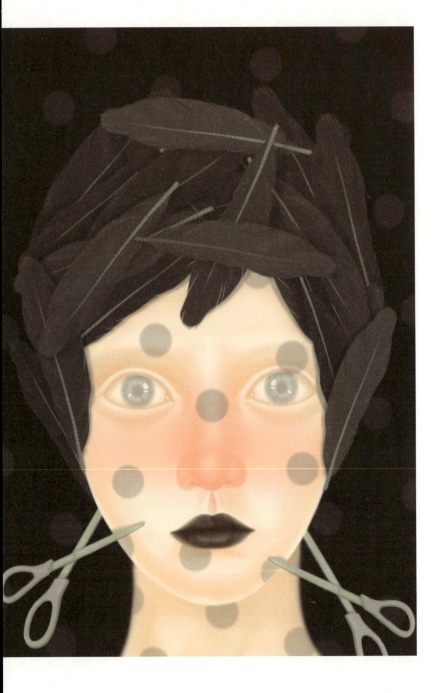

戴上。

我慌忙闭上眼。感觉她似乎靠近了我，然后停住了。我故意做出均匀的呼吸，一动不动。我觉得我蠢透了，这个时候不是应该把她拉进怀里亲吻她的额头吗？但我要说些什么呢，是不是应该若无其事地说一句早安？

就在我胡思乱想的时候，我听见门开了，又被轻轻地撞上。

我猛地坐了起来。

屋里只剩下我一个人，她喷在枕边的男士香水，和回忆里一夜的温存。

我知道我爱上了她，因为我已经不再是我。而所谓一见钟情大约就是，在第一眼看见她之后就已经心甘情愿成为她的附属品。

我们的对话少得可怜。

我没有留下她的电话。

她没有问过我的名字。

意识到这三点，已经是第二天的中午。我在学校食堂吃午饭，面对包炎的嬉皮笑脸，终于意识到了哪里不对。

她走得太干脆，让这一夜变得像个梦。

我开始不停地走神，回想起她的脸；不停地后悔，回想起自己装睡的愚蠢瞬间。

在包炎喋喋不休的"我早说了吧"里，我终于不得不承认,关于我心里对苗禾喜欢上了我那一点可能的幻想不可能。

就像那个吻,我闭上眼睛的时候,她睁着眼,我睁开眼睛的时候,她仍然睁着眼。虽然是我主动的,但她清醒并迅速地掌握了主导权。

意识到这一点之后,我开始出现了第二项后遗症:疯狂搜索关于她的一切动态。

从提到她名字的微博开始一条条地翻找,我意识到她的微博昵称更换得一定很频繁。经历了几次"用户不存在",我终于找到了她近期回复过的微博。

第一眼看见她的个人简介,心像是被扎了一下。

"Always getting over you."*

不是难过,是心疼。

我注册小号关注了她。整个帐号只有她一个关注人,特别关注。每次她发了微博,我的手机页面上都会第一时间提示。

然后我看到了在微博上光明正大圈了她分享黄色笑话调情的男生和她算不上厌烦的回复。

那种感觉难以形容,像是用心脏拥抱仙人掌,被扎漏了。

我把我的昵称改成我们在一起那天的日期,拼命发一些可以讲成段子的生活琐事,也会收获一些赞和评论,只是没有她的。

我发的每一条微博都是为了给她看。

而我却从来不敢圈她，不会把自己被仙人掌扎漏的心摆在桌面上，不会在她的微博下面像别人一样每一条都点赞回复。

我害怕自己的自作多情在她眼里会愚蠢无比。

包炎是唯一知道我和苗禾有过一夜情的人。虽然他有事儿没事儿就说风凉话嘲讽我，但是我仍然格外喜欢和他在一起——他的嘲讽成了我捕捉与苗禾有关的回忆的救命稻草。

苗禾在微博上消失了两个星期，没有一丝动静，聚会上也消失了她的身影。我像是着了魔，每天起床开始拿着手机等动静，怀疑网络不好，一遍遍打 10086 直到客服气急败坏；怀疑自己被屏蔽，注册了一个又一个的新邮箱用来申请新的帐号。然后我终于不得不承认，她真的消失了。就算她此刻在朋友圈风生水起，对于只有她微博的我来说，她就是消失了。

这让我觉得绝望。

包炎看不下去，拉我去喝酒，说男人一醉解千愁。

"陈扬，你只是需要时间。"包炎喝多了以后对我说，"我七岁的时候养了一只泰迪，它在我十四岁的时候死了。那会儿我彻夜失眠，天天号哭。它是我的第一只宠物，陪伴了我人生的一半。我甚至想干脆陪它一起死掉算了。但是我现在二十一了，它在我的生命里的分量已经从一半变成三分之一了。我养了新的泰迪，我还记得它，但我也挺好的。"

他越说越不像话，完全不给我插嘴的机会。

"你现在觉得苗禾怎么回忆怎么好，是因为她就是你的第一只泰迪。激情未散人没了，你就把这余味当爱情了。这有什么啊，真的！等你找了第二个第三个，她对于你来说就是夏夜里的一瓶花露水，到冬天就忘了。"

我觉得他说得挺有道理。

后来他就趴在大排档的桌子上睡着了。而我也终于在苗禾微博里寻找到了关于那个她"Always getting over you"的蛛丝马迹。

她发了两个星期以来的第一条微博，并配一张喜帖图片："祝你幸福，我原谅你了。"

因为她更新微博的喜悦被一击而散。我想起包炎提过的教授，三十八九岁了，上周刚刚结婚，和恋爱十八年的初恋。

我觉得我好像渐渐触碰到了苗禾，然后又被更远地弹开。

包炎睡死过去了，再有几个小时，这个夜也死了。

我开始频繁地出现在后海的酒吧里，每一场苗禾在的party我都会出现。她看向我的时候我会在心里骂一句："婊子。"然后感受一遍心被仙人掌扎的痛，对她若无其事地微笑。

我还是会心动，在每一次看到她的时候。

也会有女生来和我搭讪，说我身上的味道很好闻。苗禾看过来的时候，我会摆出笑脸做出聊得热络的样子；在她转身继续和别人喝酒之后，颓然若失。

我幼稚到自己都看不下去。

身边的女生已经酥胸半露，我搂过她，悄声说："我们走吧。"

那个晚上我满脑子都是苗禾的脸。

差了一点。

她的嘴唇没有苗禾的柔软，呻吟没有苗禾的动听，身上的味道没有苗禾的特别，她的双腿没有苗禾……就连酒店的床都没有那个晚上有弹性。

什么都差了一点。

我精疲力竭地从她身上滚下来，连澡都没洗就穿上衣服落荒而逃。我甚至没有问她的名字。

我知道，这是苗禾给我的第三项后遗症：失去了爱人，也失去了爱人的能力。

我想起那天清晨苗禾悄悄离开的情形，也想起了她和我做爱之前需要在枕边喷上属于别人的香水味道。

在寝室里我心烦意乱，不断用至少她还洗了个澡来安慰自己，却仍然胸闷到喘不上气来。恍恍惚惚中，刀塔打到一半直接硬退了。

回忆了一下自己曾经是怎么对这种行为破口大骂，猛地想起初次见她时的感觉，她那样熟悉，自己却格外陌生。

我拉着包炎出来喝酒，用亲身经历否定他的第二只泰迪论。

他啃着鸡翅翻白眼。

"所有忘不掉的前任都是因为现任不够好。你想想啊，你一开始养了只纯种里都算漂亮的泰迪，后来又在马路边上捡了只泰迪土狗串儿。说真的，你能指望着后来的这个帮你忘了那漂亮的泰迪吗？你应该找更好的，起码也是不比第一个次的。"

我回忆了一下我的第二只泰迪。她的脸和身材已经模糊，却并没有像包炎说的泰迪土狗串儿那样不堪。在我遇到苗禾之前，她甚至也是我的睡前幻想类型之一。

至于苗禾，只是短短一个念头，她的脸飞快又占据了我脑海。

每个人的好都有相对值。而对于现在的我来说，不会出现比苗禾更好的人。

我深思熟虑之后终于得出了这个结论。

"不吹牛×，你现在就是把高圆圆、范冰冰都摆在我面前，我也只想要苗禾。"

包炎像是吃了屎，看着我一杯杯自酌，唉声叹气："陈扬，我对不起你。都是我把你带上了不归路，早知今日，当初我就应该让你窝在寝室打刀塔。"

不归路。

啤酒喝到只剩下沫，麦香里带着点苦。苗禾的脸又出现在了我脑海里，她在笑着，嘲讽地笑我走不出她的乾坤圈。

仍然那么美。

我觉得包炎说得对，苗禾大概就是我的不归路。

一旦踏上，就再也做不到回头。

一旦爱上，就再也找不回曾经的自己。

或许是愧疚作祟，包炎开始没完没了地张罗给我找个正儿八经的女朋友。我也顺水推舟地该"聊骚""聊骚"，该"约炮""约炮"。

不是真的有多喜欢，只是想做一个像她的人。

却再也碰不到一个让我一见面就觉得她熟悉而我陌生的姑娘了。

苗禾给我的后遗症就这么自然而然地成了我的习惯。

我常常拥抱着不同的女人醒来，在睁开眼的前三秒把怀里的人幻想成她，然后起床，悄悄离开。

有时候我会忘记我们的关系只是睡了一夜，甚至连彼此的微信都没有。

我以为这就是终点了——后遗症还在，只是不再让我痛苦。

我甚至认为这样的结局已经很好。

直到苗禾和那个已婚教授的性爱视频被匿名爆出，一夜之间在校内论坛上疯传。

从我们学校传到她们学校，然后一路冲上微博热搜榜。

我没有勇气点开那段视频，也无力阻止那个我再熟悉不过的微博被"人肉"出来，从十几条评论变成几千上万条污言秽语的聚集地。

她的每一张照片下都被评论了"婊子""恶心""小三"。

每一条生活状态下被回复了"骚货""贱""去死"。

我不知道她会不会一条条读下来，我只是看了几十条，就心坠巨石，手脚冰凉。

一个星期后包炎跑来告诉我，那个教授在无数次和领导谈话后辞职了。

苗禾没有被开除，却不去上课，在学校里销声匿迹。如同她停留在视频爆出前一晚的微博般，没有只言片语地消失了。

我也在心里骂过她"婊子"，当她在我面前若无其事清纯微笑的时候。

而此刻我却无比痛恨那些跟风辱骂她的人。

他们的谩骂像无边无际的潮水吞噬了她的微博，让我觉得自己彻底失去了她。

两个星期之后，我开始在她微博下面和骂她的人对骂。

包炎翻着白眼说我病入膏肓、无药可救："你真应该看看那视频，保证断绝你对她的一切念想。"

我一边不可自控地和"圣母"对骂，觉得他说的可能有道理，一边搜索这段视频。

连续几个链接都是无效网址，我觉得这可能是天意。

不过两个星期，那段视频已经被和谐得渣都不剩，疯狂骂她的人却有增无减。

我知道，她一定一条条地看了。

因为我收到了一封私信。

我点开了新私信，酝酿了一串台词如何花样喷倒这些只会发私信骂"傻×""直男癌"的"圣母马利亚"，却看见发件方有着我熟悉的昵称。

"是你。"

我关注了她大半年，才收到第一条私信。

我哆哆嗦嗦地打出了"是我"，左思右想后又删掉了。"你好吗？""你不要太在意这些回复。"我就这样打出来又删除，直到收到她的下一句话。

"谢谢你。晚上可以陪我去吃火锅吗？"

苗禾约我的火锅店就在我们初次见面的酒吧旁边。

从南四环堵到后海，我疾步走进火锅店的时候，她已经到了。我一眼就看见了坐在窗边角落的她，穿了一身白色的亚麻裙，下巴尖了些，锁骨突出了些。

她已经点了菜，独自涮着肉。

我默默地走到她对面坐下来。她抬眼看了我一眼，只是沉默。

她似乎和从前不太一样了，却仍然对我有着致命的吸引力。

他们说长相决定一见钟情，性格决定日久生情。

看着在火锅腾起的白烟后面若隐若现的苗禾，我突然发现那些可能都不是理由。

我身体里的每一寸荷尔蒙、每一点多巴胺都在她出现的那一刻疯狂运作，无关长相，无关性格，只是因为这个人。

"你看这黄喉。"她的声音也比从前懦了些，还带着倦意。

我赶紧看黄喉，等她说出下文。

"熟了吗？"

我以为她要借此讲一讲她的故事，结果只是等来了一句"熟了吗"。

"还没有，再等等。"

她就放下筷子，托着腮等。

我看着她，鬼使神差地拿过她的筷子，挑了熟的蘑菇、百叶、血豆腐夹给她。

"先吃吧，黄喉熟了，我给你夹。"

她看着我，不动。

"不爱吃？"

"把我筷子给我呀。"

我尴尬地笑着把筷子还给她，心里却像吃了蜜一样甜。

时间过得飞快，她打开了话匣子，和我天南地北地聊了很多。在某个路人认出来她之前，我们就像一对儿普通情侣。

"操，这不是那个小三吗？"

好像是叫苗禾。

"你看她和那老丫挺的视频了吗？太骚了。"

周围的议论声越来越大，她的脸也越发苍白。我几乎忘了还有一个在网上沸沸扬扬传开的视频。

"吃饱了就回去吧。"心脏被仙人掌扎破的感觉又回来了。这个连黄喉熟没熟都分不清的女孩承受这些，让我心疼。

她看着我，欲言又止。

"我……不想一个人。"

"我们一起走。"

这是我认识她以后少有的不算愚蠢的瞬间。

后海的夜凉如水，难得星辰璀璨。这条路我们初次见面那天她喝多时走过。我握住她的手，无比心安。

我想我不会再被一夜情后遗症所困扰了，因为很快我们的关系就不再是一夜情，无论我是否仍然只负责情。

"对了，你叫什么？"她突然抬头问我。

我愣了，心里想着，是啊，"苗禾"这两个字已经被仙人掌钉在了我心里，"陈扬"对于她来说却还是毫无意义的两个汉字。

"还想爱你。"我的嘴不受控制。

"什么？"

"就算你不知道我叫什么，我还想爱你。"我的心不由自主。

她扑哧地笑了，褪尽妩媚，楚楚动人："那么，我要叫你的时候，就叫'还想爱你'吗？"

"……好。"我跟着她的笑容不自觉地微笑。

在全世界对你恶语相向的时候，给你一个怀抱；在你有了穷极一生的阴影的时候，看见你的楚楚动人。

我猜，这是那一夜给我的第四项后遗症。

你 可 能 不 会 爱 我

米氏物语第一条：别怕，这不会是你最终的样子

《我可能不会爱你》热播的时候，我和笛笛正逢大学毕业。他不满意实习工作，辞了职当无业游民，拉着我陪他窝在租来的公寓里每天相望嗟叹。

笛笛斜倚在沙发上抱着薯片啃，薯片渣不时飘落到坐在地板上专注看电视剧的我的头发上。他吐槽电视剧："不就是高中大学都在一起吗，缘分都能扯到上辈子去了。像咱俩这样从初中到现在没分开过的，岂不是八百年的缘分了？"

话没说完，他呛了一口，咳嗽起来，薯片渣天女散花般让整个场景的邋遢值上升到巅峰。笛笛咳得前仰后合，指着桌子上的水杯朝我使眼色。

我翻了个白眼，认命地站起来给他拿水杯。

要是——我是说"要是"，要是他能有李大仁的好一半

的一半，我都感激上天赐给我这段从十二岁开始的缘分。

可惜，事实上，我八百年前一定是杀人放火无恶不作，才会摊上他这段可怕的孽缘。

笛笛大名舒君博，初中一年级时受老师之托，我给住在同一个小区因为发烧缺席期末考试的他送试卷，听见舒妈妈朝屋里喊："弟弟，有同学来了。"

一个寒假没有联系，开学之后的第一节语文课我就用后脑勺收到了他掷过来的纸团。歪七扭八的字迹写着："那件事，不要告诉别人！！！"

我揉着后脑勺有些不爽地在字条下方添了一排小字："什么事啊？弟弟？"

然后面不改色地扔了回去。

"是——笛——笛！"

躲避着语文老师的目光，我弯腰捡起地上的纸团，这次上面只有三个字。被他抓不住重点的能力逗得扑哧一笑，回过头看见两三个座位外的笛笛一脸怒容。之后，从调侃到成为习惯，我几乎再也没有叫过他的大名。

大概那就是我记忆中孽缘的开始吧。

初一的时候班里同学们都在玩跑跑卡丁车。大约结伴回家两个星期，他把自己 QQ 号的密码编辑成短信发到了我的手机上，嘱咐道："还有两个星期就出三个月亮了，你晚上一定帮我挂着啊。"

我问他怎么不自己挂。他轻描淡写道："我晚上要玩跑跑，挂着 QQ 电脑就卡。"

晚上我坐在电脑前，莫名其妙激动地把爸爸妈妈赶走了，捧着手机对着电脑输入帐号密码，像进行一项神圣庄严的仪式。

和笛笛的关系，在那个瞬间在我心里升到了一个前所未有的高度。

是可以共享密码的关系了啊。

暑假时，笛妈每天上班。在全职太太我妈的邀请下——也为了省下笛妈给的十块午饭钱买游戏点卡，一到饭点，笛笛总是准时来我家报到。

有一天，我妈做了西红柿炒鸡蛋和西葫芦炒鸡蛋，既不吃西红柿也不吃西葫芦的我只好坐在电脑跟前抱着方便面赌气。电脑右下角上并排着一男一女两只小企鹅，有一只灰暗了下去。

"您的帐号已在别的地区登录，您被迫下线。"

客厅里笛笛正在吃饭，和我妈聊着他年幼时因为车祸去世的爸爸。

我朝客厅里喊道："笛笛，你帐号被盗了哎。"他放下碗筷跑到屋里，把手覆盖到我的手上操纵着鼠标，看到帐号重新顺利登录才舒了口气："不是被盗啦，密码都没被改，可能是 X 或者 Y 吧。"

脑袋嗡地一下，我嘴里还在笑着说"哦"，把手抽了出来，拿起筷子，送了一口面到嘴里，却有些食不知味了。

我怎么可以……怎么可以对一个不属于自己的 QQ 密码有了连自己都惊讶的占有欲。

笛笛附在我的耳旁悄声说道："别吃啦，待会儿带你去吃好的。"

那天笛笛和我去麦当劳，买了四个双吉汉堡改善伙食。我一边大快朵颐一边问他："不是还要攒钱买点卡吗？"他翻了个白眼："点卡五十一张攒五天就够了啊。"我又问他："你不吃啊？"他咬了一口细嚼慢咽："不爱吃，这哪有你妈做的好吃。"

四个汉堡我吃了三个半，他吃了三口半。

那天晚上我躺在床上抱着肚子发呆。我知道的，笛笛和我不同，他擅长交际，和他抓不住重点的能力几乎不相上下。

擅长到让我这个只有他一个朋友的孤家寡人感到害怕。

米氏物语第二条：别得意，这还不是你最后的样子

当网上铺天盖地地写满了"百年修得同船渡，千年修得李大仁"时，我也跟风哀怨了一把，有事没事就在微博上发条"爱情好找，大仁难寻"。

彼时笛笛终于从毕业的失落感里走了出来，不再抱着薯片混日子，每天斗志昂扬地运动健身、投递简历找工作。看

多了我拿瓶啤酒坐在电脑跟前感怀春秋，一边做俯卧撑一边断断续续地开导我："大仁哪儿难寻了？你不就是吗？我的米大仁小姐。"

我叹口气，站起来投了条热毛巾递给他，顺便狠狠地在他后背上压了一道。

笛笛手一松翻了个身躺在地上，把毛巾盖在脸上，传出来的声音便有些闷闷的："爱情哪好找了，你这单身狗都快砸我手里了。"

"世界上最好笑的事是什么，你知道吗？就是一个单身狗嘲笑另外一个单身狗单身。"

"哎，小米儿，那你拯救一下我这只单身狗吧。"

我一惊，坐在电脑跟前僵住了身子，不敢回头。回过神来，笑容还没来得及蔓延，就听见笛笛在我身后嬉皮笑脸。

"你们杂志社那个御姐，上次光临寒舍以为咱俩同居那个，介绍给我呗。"

我长长地吐了一口气，咬牙切齿："舒君博，都大学毕业了，你就不能放过我吗？"

笛笛上一次恋爱，还是在我们俩携手步入对外经贸大学的中文系和经管系时。他刚刚结束和我高中最好闺密两年的爱情中长跑，就勾搭上了我才熟识起来不过两三天的室友。

笛笛没有那么帅，也算不上有钱，只凭着一点点酸腐才气混日子，倒追他的女生到高中之后就绝了迹。虽然他兄弟朋友众多，但到了介绍姑娘这个节骨眼儿问题上，好像真正的男人都更喜欢各人自扫门前雪，莫管他人瓦上霜。于是，我这个不需要女朋友的"米哥"就一次又一次地成为笛笛的脱单利器。

起初我担心三人行会尴尬不已，后来才意识到自己的担忧只是杞人忧天。

哪有什么尴尬的三人行，笛笛的约会开始分为两种，一种是甜蜜电影院，另一种是网吧兄弟排排坐。而我显而易见地被归类到了后一种。

笛笛太阳星座巨蟹座，上升星座摩羯座，长情、专一，可惜天生带了一股什么都不在乎的劲头。和我高中闺密交往的两年里，闺密爱得死去活来，他也在点点滴滴中越陷越深。越是临近毕业，闺密越是起伏难安，两人的架也是越吵越频繁。放学后的多数时间里，操场边上，闺密朝着捧着一本物理书的笛笛歇斯底里起来，笛笛才放下书，把她搂进怀里。

但是单薄的拥抱显然于事无补。闺密时常拉着我在高三最后金子般的时间里流大把金子般的眼泪，她是水做的双鱼座。

放榜那天，长久以来担忧成为现实的闺密终于和笛笛说了分手，被分在同一座城市的南北两端对于安全感为负数的双鱼座来说太远了。

笛笛若无其事地点了头，转身骑车离去，却忘记了带上被他骑车带来的我。

整整一个暑假，我都陪笛笛窝在家里，吃喝玩乐，不提世事。直到大学报到，笛笛清减消瘦，一件宽松大衣穿得潇潇洒洒。我胖了二十斤，圆脸肥臀，穿着新买的大号裤子和笛笛的衣服，像一只大气球，脚步虚浮。

自此，笛笛的恋情就成了我挥之不去的噩梦。

米氏物语第三条：别担心，无论你最终的样子是好是坏，都有人一路陪你

笛笛找到工作的那天，我因为一个重要会议迟到而被炒了鱿鱼。

有时候人倒霉，喝凉水都塞牙缝，也不过是形容我这种情形了。平时迟到一次不过是扣五十块钱的时候不迟到，遇到这种重要到让我失眠一夜的大会议却迟到一个小时。不想回家听爸妈唠叨，我抱着从办公室里打包出来的文件资料去了笛笛的公寓，他却不在。

我从门廊上摸出备用钥匙，正巧收到笛笛的短信："今儿个双喜临门，晚上请你小搓一顿。"

看来不只是工作拿下了，我前一份工作的杂志社美编也被他一并拿下了。踟蹰间，我已经丧失了打开房门的力气。

有些垂头丧气地回到家，电视上正播着《我可能不会爱你》的大结局。

程又青嫁给了李大仁。

整理好带回来的资料，我打开电脑，随便泡了一桶杯面，搜索大结局的完整版。电视里刚刚播完，网上只有一些短视频和影评。我无意义地滚动着搜索条，不经意地瞥见了一篇写在"笛音汩汩"博客里叫作《你可能不会爱我》的随笔。

　　我始终相信男女之间有着纯粹的友情，不带丝毫占有欲的、清风朗月的感情。

　　是闲暇时轻松愉快的插科打诨，难过时不着痕迹的关心安慰。

　　那不是一种守护的心情，而是这世间你是我的战友，我们恰到好处地并肩，但是并不牵手，一起走在铺满荆棘的道路上。在受伤的时候，看一看彼此身上的伤痕，相视一笑，继续前行。

杯面红色的油汤一滴滴凝固出了轮廓。

脑海里突然浮现出笛笛那天的油腔滑调："大仁哪儿难寻了？你不就是吗？我的米大仁小姐。"

我是米大仁，你却不是程又青。

你只是把每一件事情放进心里却又满不在乎的笛笛，整天耍无赖却拿出自己两天午饭钱请我吃四个汉堡的笛笛。

所以我们就这样，作为战友，并肩前行。

或许这个没有女主角的故事，就是你可能不会爱我。

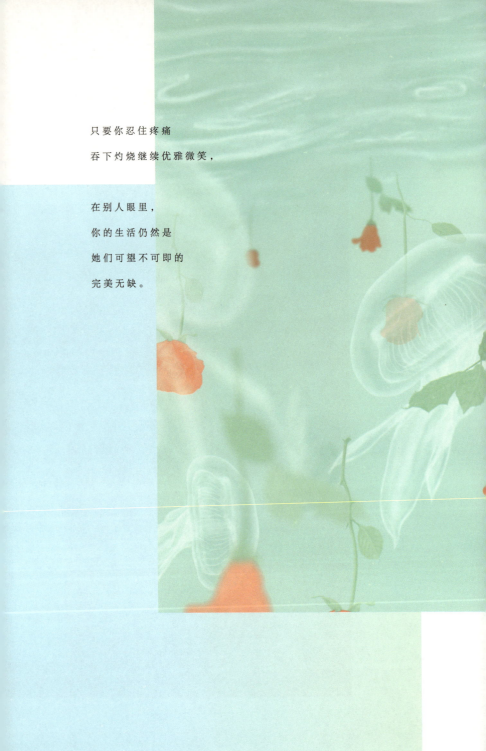

只要你忍住疼痛

吞下灼烧继续优雅微笑，

在别人眼里，

你的生活仍然是

她们可望不可即的

完美无缺。

后 来 ， 你 过 得 好 吗

Better me

到了未来，才发现曾经渴望的如今已把我践踏。

而曾经理所当然到不屑一顾的，是未来的我始料难及的最奢望。

你已经离开了那么久，我才突然意识到，我放过了你，却没有放过我自己。

那天下班后和秦潼坐在咖啡厅里闲聊，巨大玻璃窗外快步走过的熟悉身影让我们之间关于爱情早死晚死都得死的谈话断了片儿。直到秦潼翻着白眼用力拧了我胳膊一把，我才从愣怔中回过神来。

"你是饥不择食了吧，什么水准的人啊？你能看这么入神——要不你就赶紧追上去要个电话，跑快点应该来得及。"

我收回视线，端起桌上加了七八包糖的焦糖拿铁深深地呷了一口。不知道是不是我的错觉，端咖啡的手竟然因为情绪的剧烈波动而轻微颤抖着。

"要是可以，我还真想追上去要个电话号码。"

秦潼再次翻了个白眼。在她想发表长篇大论的吐槽之前，我补充道："那人好像是何景崇。"

在秦潼恍然大悟的表情中，那个名字所伴随着的回忆铺天盖地地填满了这间小小的咖啡厅。

1

何景崇是我大学的同班同学，也是我的初恋。

他没长相，没身材，没钱，只带了一身中文系男生特有的酸腐才气和永远谦和中庸的笑容。大一那年我拒绝了五六个学长的表白而和他在一起时，所有人都觉得我一定是疯了。

或许秦潼在看过装了满满一抽屉何景崇写给我的数百封情书后，听到我宣布要和他在一起时依旧未置可否。但一年后我和何景崇双双搬离宿舍开始同居生活的时候，她用尽面部肌肉动作的极限做出了个言语无法形容的表情，然后她焦虑地握住我的手，语气悲痛："夏青，你真的疯了。"顿了顿，她补充道，"这是病啊，得治！"

何景崇对我是真的好。我说一，他做到了一加一；我说二，他绝不再提一那么好。

在我们还没住在一起的时候，何景崇每天六点半都会准时带着热牛奶和变着花样的早点，站在我的宿舍楼下等我一起去上课。这一等短则半小时，长则中午见，但每次我下楼的时候还是可以喝到何景崇用体温保留住温度的热牛奶——其实我也并非故意，化妆和赖床总会耽误些时间的。

凌晨三点半我发短信给他，说想吃冰激凌。他翻过宿舍栅栏，走路到四个街区外的二十四小时便利店给我买了八喜，然后在冰激凌尚未出现融化迹象的时候，隔着栅栏把冰激凌递给我。

我说吃完晚饭想去看电影，他会提前三个小时到电影院买票。后来我和秦潼在商场逛到不亦乐乎，愉悦地忽略了震动不停的手机和在雪天里站在电影院门口直到电影散场的何景崇。

他似乎理所当然地对我好，容忍我的一切莫名其妙。在别人看来严重到足够分手的事情在何景崇那里，不过是宠溺一笑。

对于这种事情我从最开始的感动到后来习惯到认为这一切都是应该的。

最初，秦潼总是在我耳边喋喋不休地问我为什么要和这种外表不般配还穷酸到连矿泉水都舍不得买的书生在一起。我说起这些的时候，她啧啧地感叹男人能做到这种地步真是极致了。

"可是这不都是你们俩在一起之后才有的事吗？难道你跟他在一起的时候就预见到以后了？"

"没有，最开始觉得他浪漫。"

"可是，夏青，他会不会一直对你好下去我不知道。但是我知道浪漫不能当饭吃，他对你再好也买不起你在商场看上的那些零碎小物件。况且，以他那种条件能泡到你这么漂亮的姑娘，这么供着也是很正常的事。"

秦潼从小学开始就是我最好的朋友，尽管她出生在别墅里，而我出生在弄堂里。

从小和生活优渥的秦潼在一起，让我更加厌恶我的生活。最初我抱着布娃娃羡慕地看着摆弄精致芭比的秦潼，后来我背着百丽包，刻意忽略秦潼包包刺眼的双 C 标。再后来，就是现在，我一次次地忽略秦潼的劝告而和何景崇在一起，然后一次次地拒绝秦潼提议的情侣四人出游——我实在无法把何景崇带到她那个青梅竹马的富二代面前。

但这并不影响我们持续多年的友情，并不能阻止我们无话不谈。

可是这次我并没有对她和盘托出，我没有和她分享我脑海里闪过的念头，没有告诉她，她说的这些我全都知道。

我知道爱情比友情更需要物质的支撑；我知道连这座城市里我住了很多年、恨不得插翅逃离的弄堂对于农村出身的何景崇来说都是奢望；我知道我喜欢浪漫，但我喜欢的绝不只是浪漫；我更知道我和何景崇绝不会走到最后。

我只是贪恋着他对我的好，在我还可以不时时刻刻想着现实的时候把这份好保存。

能久一点，就再久一点。

2

住在一起之后，最初一切都很好。何景崇很好，没有任何不良嗜好，不抽烟，不喝酒，也没有农村人身上的乡土气息，对我也很好，一如既往地好。

每天早上，他即使不吃饭，也会变着花样给我买丰富的早餐；为了不让我无聊，他在校门口租碟片的店里买了一个便宜的二手 DVD，还花了三个小时说服老板赠送我们一年免费租旧碟的福利；在我习惯性忘带钥匙、钱包时，一个电话，他就立刻放下手中的事情赶到我身边；冰箱上、门夹缝都贴着便利贴，上面写着何景崇零星的叮嘱；偶尔一封突如其来的纸质书信，述说我的小脾气在他眼中的别样可爱；期末前帮我写论文做作业以至于自己的作业没写完……

尽管我清楚地知道他在尽己所能地爱我，可是后来当这些都变成了日常生活的一部分，不能再激起我心中的一丝涟漪时，我开始觉得哪里不对。

在我起床刷牙洗脸的时候，看电影碟片的时候，在桌子旁边吃饭的时候，忘带钥匙习惯性给他打电话时，那丝不对总是在我脑海里若有若无地闪现着。

直到大三的某天和秦潼一起去市中心的 ×× 公司面试。面试出乎意料地顺利，得知岗位只有一个后，秦潼理所当然地把机会让给了我。不过简单的几句问答，我就被顺利地留用了。

尽管只是个文秘，但我还是雀跃不已。回来的路上，看着窗外飞速倒退以至于变得一团模糊的街景，耳边她的声音响起。

"夏青，有时候我真的挺羡慕你和何景崇。"她叹了口气，"虽然外表并不搭调，但也许你们这种两个人一百块钱都可以在自己的小天地里支撑一星期的爱情，才是纯粹的爱情吧。"

那一瞬间混沌在我脑海中的不对突然明晰，原本的雀跃荡然无存——在这个房租需要钱、吃饭需要钱、出门需要钱甚至连呼吸都需要钱的社会，我和何景崇约会的地点除了那个出租屋以外，只有不收钱的公共场所。

而我是那么向往着秦潼和她富二代男友那种今天还在国内商场里为买哪个款式的包包争执不休，明天就已经飞到某个海边共度良辰的物质爱情。

我的内心深处对这种所谓的纯粹爱情已经厌倦至极。

所以，大概两个月后，当我躺在五星级套房的床上盯着旁边摆满了价值不菲的酒瓶的吧台，听着从那间足以赶上我和何景崇整个出租屋大小的厕所传来的哗哗水声，我太多飞速穿插而过的想法让脑海变成了一片空白。

围着浴巾走出来的男人微笑着看我，他不是何景崇。

这一切并不真实，这一切也没那么不合理。

这个围着浴巾的男人叫李启铭，三十五六岁，靠着自己的努力一步步地爬到了公司二把手的位置，离异，一儿一女。

他第一次在办公室里按住我端咖啡的手问我想不想做他女朋友时，短暂的惊诧后我甚至没有犹豫。

李启铭对我并不像何景崇那样真心实意地好——他对我的好是经验丰富的那种好，若即若离、半真半假的那种好。我却并不在意，觉得这样也很好。

他给我的是另一种爱情，我所期待的爱情。

当我终于可以拿着一张暂时属于我的信用卡和秦潼一起在商场里刷下同一品牌的包包时，我情绪无比高涨、满足，心里却悄悄地空落了一下。

我想也许这样才叫作爱情。

秦潼安静地听我讲完李启铭的好，然后皱着眉头问我："那何景崇呢？你打算和他分手啊。你不爱他了？"

我默不作声。怎么会不爱了？何景崇本就不是激情浓郁的人，随着时间的流逝，我越发感觉到他的每一种好。他的细致三年来温暖了我生活的每一个角落。

只是就算我再喜欢他，再贪恋他对我无微不至的好，这些也不够，这些远远无法构成一个我想要的未来。

尽管明明知道鱼和熊掌不可兼得，我却仍然自私地希望在终于遇到熊掌以后还可以把鱼留作退路。

秦潼挽住了我的胳膊，她的声音也是困惑的。她说："夏青，我们家里让我和他一毕业就结婚。从初中那次家族聚会起我就喜欢他，我知道我会和他在一起，但我从来没想过我只能和他在一起。"

我并不理解秦潼为什么会不满足于只和那个有才有貌的富二代在一起，在我眼里，他们有多少人无比羡慕的青梅竹马的感情基础和无须担忧的现实保障。

就像秦潼并不理解为什么我会对还爱着的何景崇弃之如敝屣，脚踏两条船，躺到大我十多岁的李启铭床上。

于是那天，我们拎着外包装上打印着毫无意义但价格不菲的 logo 的纸袋，各怀心思地走了很久。

3

当有一天爱情腐坏，你会发现它不动声色，只是静静地弥漫出若有若无的让你难以忍受、情绪暴躁的微小粒子。

要用什么样的言语才可以形容那一刻我脑海中突如其来的不祥预感？

早晨起来刷着牙竟然莫名其妙地反了胃。跪在马桶边上干呕数十分钟以后，我强撑着微笑把坚持要送我去医院的何景崇推出了屋门。在确定何景崇已经到了学校以后，我披头散发地跑到一个偏僻的药店买了早早孕试纸。

不幸的是我从来不准确的预感终于准确了一回。

更不幸的是去医院检查过后，医生一句毫无波澜的话直接而且果断地击碎了我仅存的幻想——我肚子里的小生命，已经快三个月了。

而我和李启铭在一起仅仅一个月，这个受精卵的组成确定无疑地来自何景崇。

要有多粗心大意才会两个多月没来例假都注意不到啊，医生蹙了眉头的教育把我本就忐忑混乱至极的脑海搅成了一锅粥。

在得知怀孕最初的慌乱过后，我是那么希望这个小生命的父亲是已经有足够的能力、各方面条件都可以作为一个父亲的李启铭。

医生的话把我打进了冷宫，也宣布了这个小生命的死刑。

这件事，我对谁都没说，甚至是秦潼。

我想把这件事情咽到肚子里，永远不再提起，就此揭过。可惜有那么句话叫天不遂人愿。

大概一个月后，我忘了带钱包，让何景崇帮我送到学校。足足等了半小时也没等到他，再次拨打电话只剩无尽的忙音，我突然意识到哪里出了问题。

那一刻我的心慌张到不逊于发现自己怀孕，我跌跌撞撞地几乎是奔跑着回到出租屋。

何景崇手中的 B 超单再次印证了我不祥预感的准确度。他的表情是我未曾见过的，混杂了痛苦和厌恶而又归于冷峻。

他的目光尖锐地扫过我平坦的小腹，声音也是我所陌生的："夏青，你怀孕了？"

我让自己冷静下来，在心里一遍遍地告诉自己，我做的是最好的决定。

"是。"

"几个月了？"

"两个多月。"

何景崇的面部像是经历着另一个空间的撕扯，最大化地扭曲着。他站起身走到我面前俯视着我，咬牙切齿："夏青，你是不是人啊？这他妈是我的孩子！这是个生命！你他妈凭什么一声不吭地就自己做决定扼杀一个生命？！"

我感觉着体内的血一半在不停地翻涌咆哮，另一半凝结成了果冻状的物体冷眼旁观。那几分钟我的脑海里盘旋着很多想法。比如何景崇终于暴露了我从未见过的一面，比如为什么我要留下这张 B 超照片做纪念，比如这么多个日日夜夜总是盘旋在我耳边的微弱的声音——呼喊着"妈妈"的声音——到底存不存在。

"你别不说话啊，夏青，我要是没自己发现，你他妈是不是打算就永远不告诉我了？！"他看我的表情像是在看一堆别人扔在他家门口素未谋面的垃圾。

显然翻涌咆哮的那一半血液取得了最后的胜利。

我猛地起身，推开了把拳头攥得青筋毕露的何景崇："你说我凭什么！这是你的孩子，难道不是我的吗？你以为我是兴高采烈地做出这种决定吗？你何景崇是他妈结得起婚还是买得起奶粉啊？你也得有本事让我把这孩子生下来啊。"我其实不知道我都在说些什么，但是我就是那么说了，"何景崇，你也不拿面镜子照照自己，你他妈凭什么要求我给你生孩子啊？是凭你那丢在人群里就找不出来的长相还是凭这间每个月连房租都得我交一大半的出租屋啊？"

周遭一瞬间静默了下来。咆哮的血液归于凝结那一半以后，我看着一脸绝望像个困兽的何景崇，语气平稳也更尖厉："怎么不说话了？那几句翻来覆去说了三四年的'以后什么都会有的'，连你自己都听不下去了吧？你的前途，你的未来，连你自己都看不清楚呢，就幻想着要我搭上我的未来来相信，你自己不觉得可笑吗？"

何景崇退后了几步，昏暗的房间里他买给我的橘色心形台灯灯光幽暗地晃在他的脸上，藏起了表情。

"你以为我只是因为你漂亮才对你好吗？夏青，你从来都瞧不起我。"他突然开了口。

没等我想好要说些什么，何景崇疾步走到了门口，背对着我："结束吧，我们。"不知道是不是我的错觉，他的尾音似乎在颤抖。

"滚了就别再觍着脸回来，你以为你今后的人生里还能找到比我条件更好的女朋友吗？"

如果没记错，这是我对何景崇说的最后一句话。

如果没记错，何景崇对我说的最后一句话是：

"你真肤浅。"

4

成长再仓促，也会留下擦不掉的纹路。当有一天你恍然大悟地重新追逐那一丝痕迹、再次默读那一条纹路，你会发现你不懂的其实是你当时的想法。

在我精疲力竭地把自己整个丢到李启铭巨大客厅里的那张柔软沙发上时，我并没有那么失落。

我想我还有李启铭，比何景崇强千万倍的李启铭。

所以当李启铭一脸疑惑地在我之前捡起那张从我包包中滑落到地上的 B 超单时，我出现了一瞬间的惶恐——我甚至已经看到刚刚和何景崇的那一幕快退后重新播放。

"你怀孕了？"

"嗯，已经做掉了。"我闭上了眼。该来的总会来，我造了孽，所以也许三番五次自己跳出来给我惹麻烦，这就是 B 超上那个小东西对我的报复。

李启铭好像笑了。

我并不确定，因为我闭着眼。但是他接下的话准确无误地传达到了我的耳朵里：

"你很懂事。"

"你很懂事？"当秦潼又一次重复着李启铭的话时，我有些烦躁。

"是啊，一比之下，高下立判。"我琢磨着这四个字的含义，尽量表现出理所当然地说，"何景崇那算什么？完全就一疯子，还没有李启铭一半的风度。不过也好，要不是这件事，我还看不见他暴露的本性。"

秦潼歪着头专心看橱窗里琳琅满目的商品，不置可否："可是，夏青，李启铭不知道何景崇的存在啊。他认为那是他的孩子，他知道你打掉了他的孩子，反应竟然是'你很懂事'？这是风度的问题吗？我倒觉得何景崇的反应比较正常。"她转过头看我，"而且，你不是说如果这个孩子是李启铭的，你就不会这么选择。如果真的那样做，他的反应可不算太好。"

在我脑海突然空白、无言以对的时候，秦潼转换了话题："下个月八号我们举办婚礼，做我的伴娘吧？"

"哎？不是还有小一年才毕业吗，怎么提前了？"

在我看来她笑得有点勉强，但她确实也在笑着："他要去加拿大进修一年，我妈觉得在他走之前把婚结了比较好。"

我握紧了秦潼的手，由衷地羡慕，替她高兴，闺密快十年的感情可以这么顺利地步入正轨，再好不过。

她却收了笑容，叹了口气。

"从初中开始我就和他在一起，从彼此单纯地喜欢到因为彼此的家族互相不得不喜欢。我还爱他，可是他早就不是我最初喜欢上的那个他。我看着他一点一滴地变化，随着他一点一滴的变化而变化。我的爱情记录里面只有他。"

最后秦潼眯着眼笑。她说："我只怕，感情步入正轨，爱情也就此步入结局。"

那个时候，我并没有理解她那句"爱情也就此步入结局"，就像我没有理解何景崇那句"你真肤浅"和李启铭那句"你很懂事"。

只是我未曾想到，一年以后当我看见李启铭握住新来公司的实习女孩的手，说出对我说过的话，从而幡然顿悟了那四个字的含义时，秦潼也把那句"爱情也就此步入结局"从陈述句变成了动宾句。

5

"很懂事……我他妈算明白这是什么意思了，他是让我趁早断了和他结婚给他生孩子的念头啊。"我像喝白开水一样一杯接一杯地往嘴里倒着红酒，"是啊，人家有儿有女还有前妻，有权有钱有能力，脑门儿上明晃晃地写着'钻石王老五'几个大字——他凭什么把花点钱就能想睡就睡、想换就换的一床伴妾回家啊。"

我突然有一点想念何景崇。

那次吵架过后，他就搬回了宿舍，而我也打包行李蹭进了秦潼没了男主人的新房。一年来我们在同一个班级上着相同的课，却真正地形同路人——现在毕业了，用大拇指想也知道我们不会再有任何关联。尽管这一刻因为酒精的缘故，他一点一滴的好在空气中变成了质子，无间隙地环绕着我。

他对我的好，有一天也会原封不动地给别人吧。

甩了甩头，我深深地吸了口气，强行终止了关于他的怀念。不是早就知道自己不会和他走到最后吗，不是早就知道贫贱夫妻百事哀的道理吗，这种男人会让你在弄堂里结束一辈子啊。

秦潼慢条斯理地把桌子上见底的红酒瓶丢进了垃圾桶，又从柜子里翻找出来一瓶木桐庄园干红。她一边摸索着开瓶器，一边用自言自语的音量考验我半醉的听力："这瓶酒我三个月前就买了，打算和他一起喝的——我真是他妈够贱的。"她抽筋似的呵呵笑让我清醒了一大半，"他走了这一年，我哪天不是靠思念度日？我以为我不甘心和他在一起一辈子，可惜事实是我那么爱他，他却不甘心只和我过一辈子，他甚至连那衣服上的唇印都不屑抹去。"

在我还没有从懵然中回过神的时候，秦潼已经再次斟满了我面前的巨大酒杯。她一手举起杯子一手紧紧地拥住我："夏青，你要知道，再有名再昂贵的红酒，都只能浅酌，喝得稍微过点火，被酸涩所弥漫的只有你的口腔，被滚烫灼烧的只有你的胃。你可以在这个时候选择放弃，不再煎熬也不要门面。"

然后她昂起头一口干掉了杯中的剩酒，松开了原本拥抱我的手，抽了张纸巾轻轻沾了沾嘴角。

"可是如果这是你所不能放开的，那么，只要你忍住疼痛吞下灼烧继续优雅微笑，在别人眼里，你的生活仍然是她们可望不可即的完美无缺。"

她语气明明已经平静下来，我却好像听见了她心底的歇斯底里。

两个月后我换了单位，在一家相当不错的外企做一份相当不错的工作。对于大学四年都是用"混"读下来的我来说，这家我无论如何也高攀不上的外企，是在我和李启铭斗智斗勇了三天以后换来的战利品。

在那天酒醉清醒以后，火烧火燎的胃和剧烈疼痛的脑袋让我找回了理智——我不需要在这个大我十多岁的男人身上找到爱情、未来。

我只需要找回本儿。

我拿着那封足够华丽的推荐函从李启铭办公室里走出来，路过那个正和李启铭打得火热的女实习生时，看着她正无意识地摩挲着手腕上的名牌手表，我不自觉地勾了个嘲讽的笑。

然后我突然想起了一年多前那个同公司里总是眼神暧昧地打量我的学姐。

6

在这家外企，我遇到了金仲。他是我同一所大学的学长，早我四年来到公司，月薪也是我的四倍。

也许是因为有校友的一层关系，在我刚进公司的时候，金仲在工作上总是对我格外关照一些——复杂繁重的任务尽量帮我多承担，我出现了错误，他也总是及时帮我修正。

而在他微笑躬身伏在电脑面前帮我整理数据的时候，我时常会一瞬间恍惚，好像看见了何景崇。

某一天大家都下班了，而我还没做完工作，金仲递过来一杯温度刚好的星巴克咖啡。

然后他说："夏青，我们交往试试看吧。"

我愣住了。

当然这并不是说我满怀着小纯洁小天真的想法认为金仲真的只是本着学长照顾学妹的想法帮助我，而是我觉得我们只会是一起吃午饭的亲近同事关系。我知道他对我的好感。

而我短暂的愣怔只是因为他的表达方式。

"哈，那就试试看吧。"我自然地喝了一口咖啡，微垂了眼。

金仲总是一副波澜不惊的样子，像是古井里的水，沉睡了太久而忘记了醒来该做出什么表情。

　　他会在走在马路边的时候让我走在右手边，会在我上车时帮我拉开车门，会在朋友面前给我留足面子，会在我生日的时候提前订好蛋糕，会在节日给我父母送保健品。

　　我知道，他做得已经很好。尽管他对我的好官方得几乎失去了原本应有的温度，可我仍然完全有理由认为自己找了一个完美的男朋友。

　　所以在我们交往一年的那天，当他领着我走到了一套一百多平方米的毛胚房里，然后递给了我一把钥匙，微笑着说"夏青，我们结婚试试看吧"的时候，我没有想出理由来拒绝他。

　　我想，这一次因为握着这把钥匙，我一定比上次笑得更自然："好，那就试试看吧。"

　　我挎着秦潼的胳膊撇着嘴讲述着金仲剑走偏锋的求婚——甚至算不上求婚的求婚。她心不在焉地打着哈哈："你不是最喜欢浪漫了？这样都认了？"

　　"原来还可以现实浪漫对半来，现在现实早把浪漫吃了，想找也找不着了。"

　　秦潼没接话，良久之后，她突然感叹："其实我们成熟得那么早，有什么用？在可以放纵的年纪，顾及东顾及西，顾及到现在得到什么了？"

我还在思索她话里的含义，她接下来的一句话却直直地戳进了我心窝："我都快想不起来当初拼命反对你和何景崇在一起的日子了。"

勉强笑着打断了她："金仲真的和何景崇是截然不同的两种人……"

秦潼却只是自顾自地说了下去："夏青，其实要是能和何景崇那样无微不至对你好的男人在一起一辈子，就算穷点，也挺好。"

我突然没了兴致，饭也没吃就回了家，昏昏睡去。半睡半醒间我意识到，我已经很久没有何景崇的消息了。

很快胃就不满地做出了反应，半夜因为饥饿醒来，胃一阵阵的痉挛着让我额头上满布冷汗。

摸索出手机打通了金仲的电话，足足响了一分钟，他才接起来。

"我胃疼。"

"……喝热水、吃药。"他的声音带着刚醒来的沙哑和略微的不耐。

"可是我饿了。"

"……找点吃的。"

"我想吃炸鸡排。"

"哦。"说完，他挂断了电话。

我突然感到有点温暖，我想金仲或许只是不善于表达，可惜那温暖在时间的流逝中一点一滴地惨淡了下去。

一小时后，我再打电话给金仲，他的手机已经关机了。

7

在惨淡没来由地化作了难堪以后，我一手按着胃，一手拿了件外衣出了家门。

夜色少有地清朗，蝉翼般薄薄地压在头顶上，荡漾着的凉意浸透了肌肤。凭着印象找到金仲家楼下时，我几乎以为自己是蜉蝣。

敲开金仲的家门时，开门的是他的房东兼室友。睡眼蒙眬的室友咚咚地砸醒了同样睡眼蒙眬的金仲。

"没毛病吧你！明天不用上——"金仲抱怨的话头在看见我以后戛然而止。不过很可惜，我想象中的抱歉和补偿并没有如期出现。愣了几秒钟之后，他有些气急败坏地把我拽进了他的房间，然后用力关上了门。

"你多大了？还玩这个？明天你不用上班，是吗？"也许是因为起床气太过严重，金仲气愤得五官都扭在了一起。

"我就是饿了。"想了想，我补充道，"饿得胃疼。"

他凝视了我足足两分钟，然后咬着牙呼出了一口气："夏青，你真的赢了，我跟你较不起劲。你自己随便找点吃的，煮包泡面吧，我去洗个澡。"

看着他离开房间的背影，我突然想不起自己过来的理由。

可是我却出乎意料地找到了离开的理由。

机械地在屋子里翻找泡面的时候，意外地在一个隐秘的角落里瞥见了一摞似曾相识的信件。神使鬼差地抽了几张，只是一眼，我就意识到了这是什么。

情书。

那厚重得堪比高三书籍的一摞信件，是金仲曾经写给另一个女孩的情书。

那一刻我豁然开朗——他并不是和何景崇截然不同的人，他也曾是某个女孩的何景崇。但是如今，他只会是我的金仲。

8

"所以呢，就因为这么点事，结婚这事儿就吹了？"秦潼专心致志地往她脚上涂抹着亮红色的指甲油。

我瞥了眼她，搜肠刮肚地找着词汇形容我的感觉："就像是喝漏了的咖啡胶囊冲制而成的咖啡，色泽醇厚，味道浓郁，可是喝着喝着一不留神就漏了一嘴渣滓——真是只有喝的人知道，咽不下去，我只能往外吐。"

"夏青，你知道我有多羡慕你吗？起码你做的每一个决定都是你自己做的。他都一个星期没回过家了，我却连离婚俩字都没权利说。"秦潼拿了本杂志对着脚扇风，若无其事地说，"现在只要我一提这俩字，我爸妈就好像我干了欺师灭祖的事似的。就因为他们得靠着人家的生意，我就得搭上我的一辈子。"

秦潼毫无波澜的叙述语调让我不寒而栗。

她青梅竹马的富二代老公变成了她所陌生的模样，而她的笑容里又哪里找得到当初抱着芭比的那个女孩一半的烂漫。

而我曾经是那么羡慕、向往她的生活。

"过着过着，终于尝过红酒喝过咖啡以后，我却突然怀念起那杯放在狭窄出租屋里的白开水了。"

"咖啡、红酒在最初也不过是一杯透明而已。可惜，你看不见。"

"我的那杯白开水，如今也该兑了颜色吧——幸好，我看不见。"

"最可怕的不过是看着自己的那杯白开水在眼皮底下混进了无数颜色，再也筛不干净。"

"咖啡、红酒不好喝，不是还有绿茶、橙汁吗？"

"绿茶、橙汁也不好喝，怎么办？"

"嗯……还有我呢。"我和秦潼在她家巨大的沙发上笑得滚作了一团。

　　最难过的其实是，他们在成长的路上应对自如，一去不复返，而我们在这股势不可当的洪流中艰难前行，被无数七零八落分崩离析的坚硬碎片击中，却仍忍不住频频回望。

　　窗外匆匆而过的身影不曾停留，一晃便没了踪影。

　　秦潼托着腮帮子对着我摇头嗟叹——她不涂指甲油了，三个月前她怀上了宝宝。尽管"青梅竹马"仍然常常夜不归宿，但肚子里的宝宝似乎已经让她满足。

　　年纪越来越大，年少时那无边无际的欲望却越来越小。

　　一口喝干了杯子里甜得腻人的焦糖拿铁，我拎起包拉着秦潼离开了咖啡店。

　　至少，如今这种隐藏在高档店铺名牌包包表象下看似死水一片、偶尔微澜的生活，是我曾经内心深处不曾言喻的殷切期待。

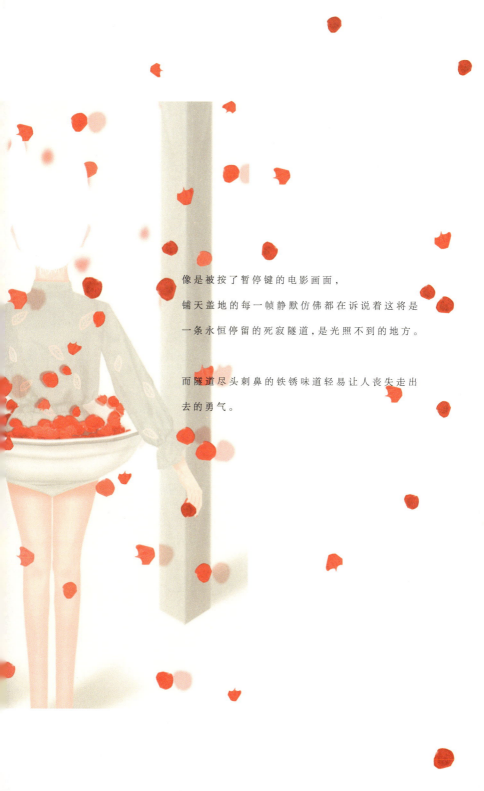

像是被按了暂停键的电影画面，
铺天盖地的每一帧静默仿佛都在诉说着这将是
一条永恒停留的死寂隧道，是光照不到的地方。

而隧道尽头刺鼻的铁锈味道轻易让人丧失走出
去的勇气。

氧 化

"现实"这个词会有很强大的氧化作用，轻易让稚嫩的过往变得面目全非。

有时候你不得不感叹命运的戏剧性。那些你失去联系已经长达十几年的人，总会回到你的生命里，然后像是要弥补之前缺席的十几年一样，越加频繁地在你的生活中出现。

管雨祺拖着行李箱看向站在接机口带着满面笑容帅气依旧的白阳，心里如是想。

上次穿着西服还不太明显，这次换了年少时常穿的运动服才格外显现出来——岁月在他身上留下的似乎只是祝颂，当年那个朝气蓬勃的璞玉体育委员如今更像是剔了浮躁的精雕成品。

管雨祺微笑着朝白阳点点头，自然而然地把手中的箱子递给了他，习惯性地将了将额上整齐的齐头帘。

你笑粲然，我心系之

头几排的学生认真地听讲，中间两排的学生欲盖弥彰地拿书挡着脸传悄悄话，最后两排的学生干脆不管不顾地趴在桌上睡起了觉。

这是八中初三（2）班一节再平常不过的中考前语文复习课，也是对于管雨祺来说格外不同的一节课。

尽管个子不太高，学习成绩也还好，但她仍旧坐在应该属于差生的最后一排靠窗户的角落里。也许是因为少言寡语的她太缺乏存在感，以至于三年来连老师都快忘了有这么一号人。

前面的男生回过头朝管雨祺轻声道："物理书带了吗？"

管雨祺惊慌地睁大了眼睛，从包里翻出了物理书，诚惶诚恐地递给了一脸嫌恶的男生。冲着男生已经躲避瘟疫般快速转过的背影，她僵硬地咧了咧嘴角。

　　步入这所不许留头发帘的学校已经三年了。管雨祺不自觉地用力按压着额头那几条带给自己无数阴霾的细细长长蜿蜒扭曲的疤痕。尽管如此，临近毕业的管雨祺还是希望在学校的时间长一些，分离的那天来得慢一些。

　　原因不言而喻，管雨祺的目光时时刻刻停留的地方——那个同样坐在最后一排，此刻正在呼呼大睡的体育委员白阳。

　　管雨祺仔细地把写着自己娟秀字迹的信纸叠成心形塞进了信封，然后拿了根铅笔在信封上写下白阳的名字。

　　有着灿烂笑容的白阳确实有招女生喜欢的资本。尽管他学习成绩并不好，可是谁在乎？阳光下高大英俊的他奔跑在篮球场上挥舞汗水的画面，让他的桌子上从不缺乏爱慕者送来的粉色信札。可是晚熟的男孩永远只是一笑置之。

　　那是在初一的一节实践活动课上。因为学校不许留头发帘，不得不裸露着额头而格外自惭形秽的管雨祺，在所有同学都两两组合的时候，一个人缩在了角落里。

　　白阳拉着和自己组合的女孩一起走到了她面前。在管雨祺手足无措地低下头时，白阳问她："你怎么不和大家一起？"

　　管雨祺下意识地抬手遮住额头，嗫嚅着："没，没……"

　　白阳不由分说地拉开了她搁在额头上的手，暴露在两人眼前蚯蚓似的丑陋疤痕引来了身后女孩压抑的惊呼声。

空气似乎凝固了。

那一瞬间管雨祺被汹涌袭来的屈辱和惶惑淹没了，她只是低下了头。没等她决定是否再次用手徒劳地挡住额头，白阳柔软温热的手指轻轻划过了她额上的疤痕。

"好 cool，像哈利波特一样。"

男孩顿了顿，补充道："别自己坐着了，和我们一组吧。"

尽管从此以后的三年来两人再也没有过任何交谈，可是那句无心的"好 cool，像哈利波特一样"就像一颗生命力顽强的种子一样，在管雨祺的心中，和它的主人一起，生了根。而白阳每一个不经意的灿烂笑容、每一次投篮的奔跑跳跃，都充当了阳光、雨水，灌溉着、滋润着幼苗让它长成了如今的参天大树。

尽管心里再清楚不过，男孩也许仅仅是因为与生俱来的责任感而习惯性地帮助自己这样迷途羔羊般的人，但持续了那么漫长一段时间的暗恋在分别即将来临前让长久以来谨小慎微的管雨祺决定勇敢一回。

在语文课后的课间把信夹在了白阳下一节课要用的物理书中，管雨祺度过了惴惴不安的一天。虽然视线还飘忽在老师和白阳之间，可她的全部心思都集中在了那个阳光男孩的身上。

那天放学的时候，管雨祺再次悄悄瞄向白阳时，撞上了白阳看过来的目光。他友善地朝管雨祺扬起了大大的笑容，然后背着书包离开了教室。

尽管再无后续，那个笑容却在管雨祺的记忆里停留了很久很久，和"好 cool，像哈利波特一样"一起被珍藏在了某个写着纯真初恋的博客里。

十五年后，缘起缘落

管雨祺随手从侍者手中端过了一杯红酒，在人来人往的酒会上寻了个光线较弱的地方坐了下来。才浅酌两口，她就被急匆匆走过来的两人打断了。

"这是我们公司德国本部的市场部总监管雨祺管总。"

管雨祺迅速隐藏了脸上的不耐，换上标配的微笑站了起来。

助手小何指着身边大约三十岁的男子继续介绍："这位是千赫公司广告部的总监白阳白总监。"

管雨祺伸到一半的手略略有些僵硬，熟悉的名字让旧时光里的画面突然清晰。一瞬间有些恍惚的管雨祺打量起眼前略感熟悉的面孔。

白阳握住了管雨祺伸过来的手："可别这么说，我们这种小公司的总监也就是个名称，和管总肯定差远了，还是直接叫我白阳就行。"

管雨祺定了定神，恢复了笑容："真是好久不见，白总太谦虚了。"

白阳松开了握着管雨祺的手，举起了左手装着红酒的杯子："哈哈，我敬您一杯。"

客套两句后，两人聊起了这次公司在 H 市建分部的宣传比稿，白阳放下了手中的杯子，从包里拿出了一沓策划案。

管雨祺笑："白总这次真是有备而来啊。"

白阳有些不好意思地摸了摸头："哪啊，贵公司的广告谁不想做，我们小公司也就尽力地凑凑热闹而已。"

酒会散去后，管雨祺一个人回了酒店，透过窗户看着外面拉扯着摇曳月光的湖水，突然唏嘘。

离开这座从小生活的城市去德国已经十二年了，在大学毕业找到工作把母亲接过去了之后，本以为会对这座城市再无留恋。

管雨祺对着镜子撩起了头发帘，别住，轻抚着因为多年来不间断涂着淡疤精油而淡化了一些却依然显眼的弯曲的疤痕。除了那些现在已经可以漠视却还是无法忘记的厌恶眼神，那句差一点点就被深埋再也不会出现在心里的"好 cool，像哈利波特一样"伴随着家乡的湖水悄然地重新回到管雨祺的心尖上。

一转眼就分别十五年了，不知道他还记不记得当年自己写给他的那封表白信啊。管雨祺快速地藏起了这个一闪而过有些丢人的念头。

拿着手机舒展地躺在了床上，管雨祺拨通了助手的电话："把济远公司、塞纳公司的资料整理一下，我明天在飞机上看。"犹豫了几秒以后她补充道，"还有千赫公司的。"

飞回德国的管雨祺在工作不那么繁忙的时候脑海里偶尔也会浮现出少年时代那一段说起来有些卑微的暗恋，也会有些疑惑地感叹，为什么年少时候得到一个微笑都会欢欣雀跃到整晚失眠的自己，却在三十岁的时候落得个"眼高于顶"的背地评价，也不算是背地评价了，至少管妈妈每天都把这个词挂在嘴边。

所以当公司高层开会决定派一个人去三个候选公司分别做实地考察作业的时候，管雨祺不知怎的鬼使神差地想起了这个问题，于是她大脑跳脱了一秒。

然后她在众人不约而同低下头收敛目光装空气的时候，自告奋勇地请缨了。

飞机上戴着眼罩的管雨祺烦躁地睁大了眼睛，深色眼罩渗漏进来了些许橘色的光亮。

有些粗暴地扯掉了眼罩，她深深地叹了口气，透过窗户打量着应该是黑夜却透亮得不像话的蓝天白云。

那些德国人一定会奇怪，为什么会有总监级别的人主动揽下这种费力不讨好的苦活儿……其实这么想想是挺奇怪的……管雨祺轻按着太阳穴，试图找出个说得过去的理由。

也许，是因为想再见他一面吧。尽管一直在刻意忽略、否定那种感觉，可是潜意识里的怀念在无声地冲击着她的心脏。

只是有那么一点点的怀念而已，只是对于在自己最青涩稚嫩时期那份无疾而终的美好单纯的想念而已。况且上次谈完公事就张皇离去的自己实在是太丢脸了，所以才会想再见他一面而已，仅此而已。更何况哪有那么巧就一定会见到他？

管雨祺徒劳地挥了两下手，想要赶走脑海中莫名奇妙的念头。她透过窗户目不转睛地打量着有些斑驳老化的侧机身，努力把自己的注意力转移并集中到看似摇摇欲坠的机翼上："会不会折掉然后发生坠机呢……"这么看来还是挺有可能的啊。

空乘小姐友善的声音在耳边响了起来："请问需要饭还是面？"

落叶灌木，朝开暮落

尽管一路心乱如麻，可是下了飞机后，当管雨祺一眼看见等在出口的白阳时，她出乎意料地平静下来——至少看起来是这样。

因为太过专注于白阳接过行李箱的每一个动作，以至于她根本没有注意到除了白阳以外另外两家公司派来的接机人以及他们之间的眼神交锋。

"又见面了，管总。"白阳笑着。

管雨祺仓促地笑了笑，单手捋了捋头发帘，歪头打量着一身运动装的白阳。这个样子的白阳，终于和管雨祺记忆里的样子完整地重叠在了一起。

"前天接到您发来的 E-mail 说我们成为三个候选公司之一，我都不敢相信这是真的……"

管雨祺轻笑："有什么不敢相信的，虽然你们公司不大，但单论广告制作的实力不比大公司差。我看过你们之前做的几个广告，创意设计都很不错。要对自己有信心啊。"

白阳有点不好意思地摸了摸头，问道："那么，应该很累了吧？把行李放下后先去吃饭吧？"

看了眼手表，管雨祺摇头："我在飞机上吃过了。时间有点紧，我后天就要回德国了，还是直接去公司看看情况吧。"

当参观完公司并做了足够的记录后，白阳看着表情甚为满意的管雨祺，再次提议去吃饭。看了看已晚的天色，管雨祺点头应了声"好"。

跟着白阳走到一家临江露天幽静的西餐厅，管雨祺看着叫服务生拿菜单的白阳，突然好奇："其实我自己吃饭也可以的。你一整天都在我这儿，你们老板没意见啊？"

白阳接过服务员的菜单，笑道："今天陪着你就是我们老板布置给我的全部工作啊。"

管雨祺动了动嘴想问为什么会是他，难道是他主动要求的吗……还是说只是巧合？

"一起喝杯红酒吧。"白阳看着独自出神的管雨祺似笑非笑。

尽管说着"酒量不太好"，管雨祺还是在红酒端上来以后率先端起了酒杯。

白阳紧跟着端起了杯子："管总，不，雨祺……我可以这么叫你吧？"在得到管雨祺确认的点头之后，他继续说道，"这杯敬我们之间的缘分。"

十五年前暗恋着的人，因为自卑甚至没有勇气走上前去和他说一句"你好，我是管雨祺"的人，在十五年后不到两个月里重逢两次，此刻还坐在同一张桌子上吃饭，缘分真是戏剧而奇妙的事情。

管雨祺擦拭着因为喝得太快而沾了酒渍的嘴唇，微笑着看向仰头干掉了杯中酒的白阳。她的微笑里也带着点惆怅——岁月和无止尽的工作一起带走了曾经的自卑感，让她可以泰然自若地坐在年少时就连对视一眼都会脸红的人面前谈笑风生，也齐心协力地把她变成了"眼高于顶"的老姑娘。

于是两个人不停地为了层出不穷的理由干杯，为青春干杯，为工作干杯，为再次回到家乡干杯。在眩晕感侵袭脑袋前，管雨祺还在笑着："真好，这样真好。"

夜色深沉。当白阳从卫生间吐干净了胃里的东西回到餐桌旁时，管雨祺已经伏在只吃了一口的鱼排旁边微合了眼。

"管总？雨祺？"白阳拍了拍她的背，"别睡了，起来回去吧？"

微蹙着眉呢喃了几句算是对白阳的回应，管雨祺显然没有要离开桌子的意思。

白阳半拖半抱着管雨祺打上了出租车。犹豫地看了看已经昏昏睡去的管雨祺，白阳轻吁了口气，接起了从一个小时前就震动个没完的手机。他打开车窗，半个身子探出了窗外。

很快到了管雨祺住的酒店。因为搀扶太过费劲，白阳索性背起了管雨祺，单手交了出租车费用，大口喘息着走进了酒店大楼。

等待电梯降落的时候，白阳一边后悔着自己提出喝酒的建议，一边试图唤醒背上的管雨祺："雨祺，我们马上到了。醒醒吧！房卡在哪儿？"

背上的女人像是要给出回应般剧烈起伏着，伴随着一声令白阳感到不详的呕吐声，他清晰地感觉到了透过衬衫传递到背部的一大片温热。

旧梦重拾，故人新颜

冰凉的毛巾敷在脸上以后，管雨祺睁开了眼。她眯着眼看着被自己吐得满身狼藉的白阳把刚刚烧开的热水倒了一杯放在自己手边，然后他有些愁苦地扯了一大截手纸擦拭着自己的 T 恤。

毛巾浸了凉水以后的冰凉感顺着毛孔钻进体内肆意乱窜，和握住热水杯的指尖传递来的热感在体内发生了剧烈碰撞，迅速地从神经末梢传递到了脑额叶，反馈给了眼睛——当白阳手忙脚乱地拿着纸巾过来帮她擦拭眼睛的时候，管雨祺才意识到她哭了。

足足半个小时，她只是无声地哭。而白阳从惊慌中脱离以后，轻轻地揽住了她的肩膀。

"哭够了？"

"没有。"

不知道是谁先主动的，他们的嘴唇在管雨祺的泪水中纠缠在了一起。而当几分钟之后他们因为无法呼吸而不得不中断这个吻以后，管雨祺和白阳都意识到，事情发展到这一步，除了滚一次床单，他们已经没有别的方式可以体面地收场了。

"刚才，为什么哭？"他的声音有点疲倦。

"就是觉得，能这样被你照顾着，真的很好。"

白阳低头在怀里的管雨祺头发上印了个吻，然后沉沉睡去。管雨祺把手放在白阳挂着几滴汗珠，在昏黄灯光下融化得和她心一样波光粼粼的脸上，满足地闭上了眼。

她已经快忘记有多久没有这么放松地把自己展现在另一个人面前。太久太久只忙于工作的她都快忘记，原来自己还会因为这细枝末节而感动，原来眼泪可以流得这么自然，原来还有一个男人的一举一动都可以轻易让她心跳的频率回到十五岁。

谁会愿意把全部青春都只用来和工作谈恋爱？背负"眼高于顶"的评价已经两三年，可是年轻的丑姑娘和年老的丑姑娘又有什么差别？额头上那道刺目并且丑陋的疤痕，就算大多数时候可以用头发帘遮掩，又怎么遮掩得住将朝夕相处数十年的人？如果不靠足够的能力和实力来抵消，哪有人会愿意接受？

这样一来，每一个靠近她的男人似乎都带了那么一丝意味不明。而那一丝意味不明也让管雨祺的心装在了一个系着死结的真空袋里，不触空气，也就不会承受因为触碰空气而被氧化所带来的丑陋和痛楚。

但是他是不一样的吧。

"好 cool，像哈利波特一样。"他是在那么肤浅幼稚的年纪就可以说出这种温暖的话的男人啊。

当管雨祺被济远公司接洽代表的电话吵醒时，白阳已经离去了。一边拿着电话一边去倒水喝的管雨祺看见了桌子上白阳留的字条。

"先回公司了，晚上陪你吃饭，想吃什么短信告诉我。"

管雨祺不自觉地微笑起来，随手把字条对折，然后装进了包里，这一刻她突然感觉到了点生活的质感。

不曾放弃，怎算爱过

回到德国以后，管雨祺怅然若失。

在把千赫公司填写在第一候选位置的时候，管雨祺不断地自我催眠着"这和白阳一点关系都没有，我完全是根据公司条件来填写的实践报告"。

而电脑上MSN里恰好闪烁着白阳的头像，用一句"真希望我们公司可以被选上，老板说要是能接下这个活动，我就可以直接参与进公司的核心了！"轻易地终止了她的自我催眠。

哪有人可以真正做到完全地公私分明？

如果职务之便可以换来喜欢的人真心的笑容又有何不可呢？

"是的，虽然千赫公司没有另外两家公司规模宏大，但单论广告方面的成就要比另外两家扩展面多的公司强一些。"管雨祺从旁边拿过另外一个资料本，"而且同样很重要的一点是，千赫公司的报价比其他两家低了百分之十。"

坐在首位的德国人和他左右两边的人交换了一下眼色，满意地点了点头。

"那么就确定这家千赫公司好了。"

坐在下首的管雨祺一边讶异着自己心底的激动，一边不受控制地快速编辑了一条诉说着喜悦的短信发送给白阳。

这样的喜欢已经有多久没有发生过了，无所谓利益，工作与之相比都变得轻盈，只要他的高兴能传达到心里，就足够了。这样的喜欢，好像从始至终只发生在这个男人身上。

德国人有力的"散会"两字打断了沉浸在爱情中的管雨祺。在管雨祺点头示意准备离开的时候，德国人叫住了她。

公寓外面是明显的异乡风情，最初的时候觉得这街道、这房子、这人都360度的好看。只不过看了十多年，春夏秋冬都见识过了，一切也没有当初那么好看了。

管妈就算在做饭的时候也揪着她为什么还不找个男朋友的问题不放，管雨祺怅然地坐在厨房里的桌子前第一次没有顶嘴。

她庆幸着没有在三天前心情最冲动的时候告诉她，自己在家乡睡了自己初中时喜欢的男人，还头脑发热地递交了调到公司在家乡附近城市分部的申请。虽然不确定她会是什么反应，但是以她听到"男人"两个字就会自动联想到结婚的状态，一定会高兴地一脚把自己踹回国内吧。

德国老总的话再次在她耳边响起："管小姐，你已经在我们公司任职七年了，而且表现非常好。如果你想的话，我当然可以把你调回你的国家做主管。但是如果你愿意留下来，我可以让你加入公司的董事会，你会拥有公司百分之一到百分之二的股权。你要自己掂量清楚总部和分部本质上的区别。"仅仅是百分之二的股权，也足够买下两个白阳所在的公司了。

这曾是她最殷切追求的。

这若只是一台陈列着最困难选择的天平，白阳那空洞的爱情和封存十五年后再度出现的笑容作为砝码一定不足以赢得德国人开出来足以把天平砸塌的条件。

但这台天平在管雨祺的心上。

而那十五年前在她最自卑时流过心上的温暖、几个星期前那杯热水的温度、那张字条所带来的质感，在天平一边倒以后终于让她明确了自己的心意——这一切，让她在一个星期以后在管妈欣慰的眼神里登上了回国的飞机。

止于唇齿，掩于岁月

用了三个月才勉强适应了时差和新职位，管雨祺在宽大的办公桌后轻轻舒了口气。工资低些不要紧，时差导致睡眠质量差以至于时常眩晕脸色苍白也不要紧。

要紧的是，她就在这座距离白阳不过一小时车程的城市。

这一切都抵不过一句"值得"。

管雨祺在助理送咖啡进屋的时候有些慌张地收起了不自觉流露的微笑，无谓地清了清嗓子，坐正身体，胡乱整理着桌面。

做了管雨祺多年助理跟着她一起调回国内的小薇放下咖

啡，小心翼翼地张口："管总……你是恋爱了吧？"

管雨祺一惊，自己已经表现得这么明显了吗？

小薇大着胆子促狭地笑："真好，管总最近跟以前看起来都不一样了……嗯，总是写着一脸的幸福。"看了看脸上红云还未消散的管雨祺，小薇补充道，"身边有个人陪伴总是好的，管总立业都这么多年了，也该早点步入婚姻坟墓了。"

"再贫你就等着扣工资吧。"

看着吐了吐舌头跑出去的小薇，管雨祺拿着咖啡站了起来，走到窗边，看着楼下的车水马龙发了怔。

小薇的话，让她突然迫切地想见到白阳。

"最近很忙吗？不去看我，连电话都不给我打了。"裹着浴巾从卫生间走出来的管雨祺看着一脸疲倦的白阳，有点心疼地抱怨。

白阳躺在床上迷瞪着揉了揉眼："嗯，公司最近业务太多，何况你们公司那边催得也紧啊。"他朝管雨祺勾了勾手，"来，抱抱。"

"等会儿，我抽根烟。"管雨祺在床边的椅子上坐了下来，点了根烟。她的微笑里带着点犹豫，看着躺在床上安然地闭目养神的白阳，有一搭没一搭地抽着烟。

终于，在快把嘴唇咬破时她终于下定决心，开口直奔主题："喂，白阳，我们结婚吧。"

开口前管雨祺设想过白阳将会出现的无数种反应，也许会沉默，也许会说现在还不是时候，也许嘲笑她求婚这种事儿怎么可以由女人来说，也许……会答应。但她真的没有设想过，如果白阳不经过 0.1 秒的考虑就冰冷地吐出"不可能"这三个字，她应该做何反应。

所以在白阳说完之后，他们陷入了无止尽的压抑与沉默。

"可是……为什么？"管雨祺问这话的时候觉得有点屈辱。

"我已经结婚了。"

"什么？！"

"我以为你都知道的啊……"比起管雨祺的过度错愕，白阳尽管有些慌张地愣神，却冷静得多，"毕竟我们这个岁数没结婚的也不太多见啊。"

从白阳口中蹦出来的每一个字都仿佛在争先恐后地吞噬管雨祺。原本只是想试探着提议结婚看看白阳的反应，结果始料未及，收获了如此巨大的意外之惊，她甚至没有力气去思索这些字连接在一起所组成的句子的含义。

"那……为什么要和我在一起？"话一出口，管雨祺就后悔了，理由已经再清楚不过——"真希望我们公司可以被选上，老板说要是能接下这个活动，我就可以直接参与进公司的核心了！"

再迟钝的人也能意识到这句话才是这一切为什么会发生最好的解释。管雨祺拿着烟的手微微颤抖，原来一切关于爱的部分都只有自己在一厢情愿地进行着。

"对不起……不全是你想象的那样。你真的特别好，雨祺。但是我和我老婆大学就在一起了，我真的不能和她离婚。"管雨祺越发阴沉的脸色让白阳着了慌，他试图说些什么来弥补，"如果我能在和她结婚之前认识你就好了。我发誓，我真的很爱你。"

脑袋一片混沌的管雨祺努力分辨着白阳说的每一句话。烟烧到尽头热气熏了手，她咬着嘴唇捻灭烟以后突然愣住了。

"在结婚前认识我就好了？"她喃喃地重复着白阳的话，"在结婚前……你不认识我吗？"

白阳脸上惶惑中带点茫然。

"我们第一次交谈，你总不会忘吧？"管雨祺的声音带着微不可查的期待，尽管心里已经知道了答案，可还是有那么一点点叫作侥幸的希望光亮顽强不灭。

"怎么会忘，那天酒会上你在全场最耀眼了。"

像是被按了暂停键的电影画面，铺天盖地的每一帧静默仿佛都在诉说着这将是一条永恒停留的死寂隧道，是光照不到的地方。

而隧道尽头刺鼻的铁锈味道轻易让人丧失走出去的勇气。

管雨祺在白阳错愕的眼神中笑了起来。自己心心念念以为跨越了十五年的爱情，何止是误会一场，简直就是除了自己，别人连看都懒得看的笑话。

这个她贯穿十五年爱过两次的男人，在不到十分钟之内，轻易地让她现实的爱情、回忆的美好先后轰塌。

她突然没了想法。他是否已经结婚，他为了工作利用她的感情，她因为调动而一团乱的工作，对女儿开展新的恋爱的母亲若是知道了该怎么办——这一切都不再重要。

这一刻管雨祺只希望一切都不曾发生过，把一切都退回到那个明朗微笑着的少年轻抚她额头的实践活动课，然后定格、保存。这样那句"好 cool，像哈利波特一样"才不会在被她珍藏了十五年之后冷漠地带着浑然天成的讥笑嘲讽她。

这个她卑微地怀着那么深刻的感激，在她记忆里极尽温暖，让她在最稚嫩的时代喜欢过三年的男人，甚至早就忘了她的存在。

或者说，他根本不曾知道她的存在。

现实氧化了曾经你我的模样

当管雨祺不经意间再次触碰到自己的额头时，惯例会在脑海中冒出来的那句话也再次悄然浮现——不过是带了点铜铁生锈的恶臭。

心里像是突然长出了一个满是尖齿的过滤器，粉碎了所有关于白阳的记忆。只是这曾像是冰激凌般甜蜜的回忆，融化后也带足了冰激凌的难缠与粘连。

　　也许过些年这一切都将被淡忘，都将被掩藏。

　　只是在那些年真切地温暖过管雨祺的稚嫩回忆，将永远笼罩在除不尽的锈迹之下，面目全非。

是从那个时候开始怀疑人们感情的吧。

人们为什么可以洒脱地背弃曾守护了那么久的感情，人们为什么可以不在乎地践踏曾经深爱过的人？

永 昼 极 夜 有 同 一 束 光

1. 你离开时踢倒的那罐黑色油漆，
猝不及防地就洒满了我一整个世界

我叫步语。

五年级那年我转到新的小学。新同学在背后说我人如其
名，好听点是惜字如金，难听点，就是有病自闭。

他们说这话的时候离我不过一尺远，虽然压低了音量，
但还是一字不落地传进了我的耳朵。

我抬头，正迎上他们打量我的眼神。

四目相对之后，我做贼般地收回了目光，似乎我做了错
事，偷听到了别人的什么隐秘。

他们继续肆无忌惮地讨论着，耳旁的噪杂让我几欲昏厥。
我悄悄地更努力地把自己向狭小的桌洞里缩了缩。

那群人里的一个女孩向我走来。我低下头假装在看课本，

心里期待着她赶快走过去，千万不要停留。

可惜事与愿违。

她停在我的桌子旁边，俯视着我。我没有抬头，可是我能感觉到。

"喂，新来的。"女孩有些尖锐的声音在我头顶响了起来。我没动，维持着看书的姿势。紧接着，我感受到了从头顶传来的痛楚。那个说话的女孩揪着我的头发把我连着椅子旋转了一百度。

"你是聋子吗？"女孩松开了手，有些恼火地对我说。

不，我听得到。

真可惜，虽然我听得到她说话，她却听不到我说话。

"你是哑巴啊？"女孩有些抓狂，回头看了一眼那群似乎在看笑话的人，脸上有些讪讪，"让你不说话！"她一把把我桌子上的全部东西都推到了地上，然后掉头走了。

看着散落了一地的物件，我慢慢地把自己从那狭小的空间里抽了出来，蹲在地上捡拾。

没有气愤的感觉，我只是在心里埋怨爸爸的决定，为什么要让我重新回到学校，一个人在家的那一年多美好。面对那么多拥有快乐拥有妈妈的人，我有种被恐惧扼住喉咙的痛楚，无法言语；而突然脱离那有着厚重窗帘的黑暗的房间，让我像离了水的鱼，没有了安全感，以至于无法自处。

大概一年半以前，在我马上要升入五年级的那个暑假，那个叫赵永荷的女人在陪我过完十岁生日以后就彻底地离开了我——不，这个说法不够准确，我在心里反驳了自己。

不是离开，是背弃。

因为什么，我已经不再好奇，也许是因为她不再爱爸爸，也许是因为那个男人更有钱。而不管怎样，这个结局将永远陪伴我。

生日过后的第三天我问爸爸妈妈去哪儿了，爸爸的含糊不清让我焦虑不安，固执地一遍遍拨打着妈妈已关机的手机，直到动作已经机械化。

后来，爸爸夺过电话，流着眼泪告诉我："你妈妈已经和别的男人走了，不会再回来了。"

于是一切都失控了，我无法再去学校，因为我无法抑制地嫉妒着每一个有妈妈的孩子。

有些人的嫉妒会演变成仇恨；有些人的嫉妒会演变成动力；而懦弱如我，我的嫉妒演变成了恐惧，恐惧别人察觉到我妈妈的背弃，恐惧回忆起那个女人离开前的最后一个生日。恐惧让我上着课都会忍不住发起抖来掀翻桌子；恐惧让我在某个母亲来接她孩子的时候把水瓶扔向了她。

在老师的建议下，我休学回到了家。

是从那个时候开始怀疑人们感情的吧。人们为什么可以洒脱地背弃曾守护了那么久的感情，人们为什么可以不在乎地践踏曾经深爱过的人？

也是从那个时候开始，觉得一个人更自在。

在家的一年，无数次的心理治疗——社交恐惧症、失语症、中度带攻击性抑郁症，那些你连名字都没听说过的病我全患上了。穿着冰冷白大褂带着伪善笑容的医生并没有消除我的恐惧、我受到的伤害，却成功地消除了我的攻击性。他们才不在乎我受了多深的伤害、我是不是还在恐惧。

于是他们对爸爸说我可以回来上学了。爸爸给我找了一所新学校，也许是为了让我重新开始。

我蹲在地上一边捡拾着散落的文具一边想，这就算是新的开始了啊。不过值得庆幸的是，在羞辱和短暂的好奇过后，他们不会在意我的悲伤欢欣，他们甚至连挖掘我的致命点和弱点的兴趣都没有。我缩在教室的角落里，安然无言地过了两年，我以为这就是全部了。

我不去接触任何人，不去接受任何人，也就不会接受来自任何人的背弃。

直到我上了初中。

2. 你说有的伤会愈合，
而黑暗的伤可以用彩色油漆重新画出新的斑驳

开学第一天。

来到崭新的学校，坐在崭新的教室里，我并没有觉得和之前有什么不同。我选择了一个靠边的角落坐了下来，翻看着新发下来的课本。

周围人们彼此好奇地询问着名字，带着或真或假的情意相互夸赞着别人的服饰、别人的发型。这些不过十二三岁的孩子在还没有学会大人的生存技能前，先学会了大人世界里的虚情假意。

不过这些都与我无关。

"有必要这么悲观吗？"我旁边座位上的男孩站了起来，看着我说。他个头明显高出这个班里大部分人，皮肤是健康的小麦色，高挺的鼻子，一单一双的眼睛竟然有点妩媚，嘴唇纤薄得像个女孩子。此刻他眯着细长的双眼带着笑意趴在了我的桌子旁边，我没空再观察这个人的长相，因为离得过近而骤然放大的一张脸吓得我险些趴到桌子下面。天哪，哪来的神经病？

"我可不是神经病哦，""神经病"无视了我因为惧怕和惊异瞪大的眼睛，自顾自地说，"倒是你，像个抑郁症病患啊。"

"要你管！"我在心里恶狠狠地回敬着，顺便无用地把已经紧贴着墙的自己再往后挪了挪。

"是，我才不管你呢。只是你看起来好像很有趣。"

"神经病"都会读心术吗，还是说我不小心把话说出来了？这不重要吧，快从我的桌子旁边离开啊，好烦人。

"允季学长？！你怎么会在这里啊？"一个梳着双马尾穿着校裙皮肤白皙、面容姣好的女孩带着惊喜的语气说道。

　　面前的"神经病"表情僵了僵，不着痕迹地从我面前离开了，挺直了腰，面无表情地把飞奔过来像树袋熊一样挂在自己身上的女孩拎到了地上。

　　"林霖同学，少明知故问了吧？要不是知道我在这儿上学，你会来考这个你肯定考不上的学校？真是难以置信，就你那点渣成绩居然可以通过这儿的入学考试。"

　　神经病就算了，居然还这么不要脸。脱离了压迫感的我深深地喘了两口气，感激地看了看那个拯救我于水火的美丽女孩。

　　"你不用感谢她，她才不是想帮你，至于我是不是不要脸，你问问她就知道了。""神经病"挑了挑眉。

　　那个叫林霖的女孩的眼神从始至终都没有离开过"神经病"，她兴奋地蹦跶着："你明明知道自从你毕业之后我就开始努力到处打听你上了哪所初中，他们还故意不告诉我，不过现在我们又在一个学校啦，以后……"

　　"神经病"果然会读心术，这可算不上什么好消息。我有些紧张地把注意力转移到了书上，告诫着自己千万不要想妈妈的事，万一他真的读出来了……

　　"神经病"弯下了腰，附在我的耳边轻声说："别挣扎了，我一定会挖掘出你的秘密！"说完他撇下了喋喋不休的林霖，扬长而去。

林霖看着"神经病"离去的背影愤恨地跺了跺脚。

"你好,我叫林霖,是石允季学长的小学同学。你叫什么啊?"原来那个"神经病"叫石允季啊……

林霖用手在我眼前晃了晃:"你是这班的?我是初一(1)班的,就在你们隔壁。对了……刚刚允季学长在和你聊什么啊?你们认识吗?"

我怎么可能会和这种神经病认识,我谁都不想认识啊。

"喂——你干吗不说话?"林霖拿手在我眼前晃了晃。

我悄悄地舒了口气,还以为所有人都能听到我说话了呢:"不……不认识。"太久没有说话让我的舌头有些僵硬。

接下来的很长一段时间那个会读心术的石允季都没再出现,倒是隔壁班总是叽叽喳喳的林霖经常过来找我。

似乎是习惯了我的不言不语,林霖总是一个人坐在我对面自顾自地讲述石允季和她之间的事儿,讲述她今天吃了什么、喝了什么、看到了什么。而我竟然也渐渐地不再抗拒身边有那么一个人存在。

在别人眼里,我和林霖是相当怪异的一对朋友,一个哑巴,一个咋呼的话痨。

哎?这样,原来就已经是朋友了啊。看着还在一个人兀自讲啊讲的林霖,我的心里突然感受到一股久违的暖流。在我这么怪异的情况下还可以交到朋友,应该是真正的朋友了吧——不会背弃的朋友。

从林霖的自言自语里我得知她从小学四年级开始喜欢上做升旗仪式主持人的六年级的石允季。在暗恋了半年以后，林霖勇敢地截住了放学回家路上的石允季，然后被义正词严地拒绝了，还被上了一堂拒绝早恋的课程。

"你别看允季学长平时嘻嘻哈哈吊儿郎当的，拒绝我的那天他特严肃特正经，一副苦口婆心为我好的样子。我简直不能相信这是一个人，然后我就更喜欢他了。"林霖的这个段子已经讲述了数十遍，听得我已经可以背下来了。

在她眼冒桃心地回忆着这个场景的时候，石允季冒了出来。

"嗨，林霖，借你的步语用一下啊。"然后他就以迅雷不及掩耳之势把我从座位上拖到了操场上。

一个似曾相识的女孩在怯生生地等着他，好像是我们班的同学。

"神经病"环住了我的肩："这回信了吧？我没骗你啊。她真的是我女朋友，喏，情书还给你。"

女孩的眼睛一瞬间盈满了泪水。

而我正在努力地挣开石允季搂着我肩膀的手。嗯，这个女孩好像就是我们班的。哎？这个神经病干吗突然搂着我啊，快放手啊。哎？他说我是他女朋友吗？她怎么哭了……

"嘘，别乱动。数十秒我就放开你。""神经病"贴着我耳朵说。

身体一瞬间僵住了。嘘什么啊……弄得你好像真的能听到我说话，我还很吵一样……十，九，八……我为什么要数数啊？！

回过神来的我用力地挣开他的双手，低着头快步向教室的方向走去。

看见自己熟悉的座位，我才真正地舒了一口气，把自己蜷缩在了座位上，一切发生得太迅速以至于我坐下来才意识到究竟发生了什么，那个神经病拿我当了挡箭牌。

可是为什么似乎自己的心并不排斥那个男生的拥抱？不是最讨厌别人触摸自己吗？是因为那个男生可以听见自己的心声吗？为什么突然觉得自己封闭了那么久——久到似乎再也不会打开的心门，有了要融化的痕迹？

接下来的几天世界似乎安静了。

之前因为爱闹腾的林霖而耽搁了一个月没有读完的书我用三天看完了，除了偷偷打量一下偶尔会到我们班来喧闹一阵的石允季，我似乎又回到了小学的生活——一个人，安然无言。

抄写课本上必背的古诗，觉得哪儿有些古怪。突然安静下来，才发现我已经习惯了有个叽叽喳喳的小女孩坐在我对面和我讲述石允季的故事。林霖已经四天没有到我们班来了。

目光随着一阵诧异的抽气声和躁动起来的人群飘向了门口，她们似乎在围着一个女孩传阅着什么。在人群中央的女生似乎有些眼熟——是那天在操场上被石允季拒绝的那个人啊。正当我打算收回目光继续回到我的小世界的时候，却一不小心瞥到了那个女生手中的笔记本，似乎有些眼熟。我的心脏像是突然被谁狠狠地攥住了。

是我的日记。

那本从赵永荷离开前就存在的日记，记录着我沉默的理由，记录着她离开后我每一天的抑郁与挣扎，记录着心理医生无法治愈的深可见骨的伤害。

为什么会到了那个女生手里？它是有锁的啊，她们怎么可以打开？密码只有我知道，噢，还有林霖。

刺目的猩红色的笔记本和这些我连名字都不知道的人的夸张嘘声像是一根针，深深地扎进了我的胸膛，直没顶端。

那一刻我眼前的一切都有点恍惚，我本以为那个女人离开时会是我人生最灰暗的时刻，我错了。

因为我的秘密被公之于众，也因为原来真的不存在不会背弃的人啊。

然后我尚存的意识进入了下一刻——永远不要以为这是你人生最灰暗的一刻，因为还有下一刻来颠覆你这个可笑的念头。

林霖拽着石允季从门口走了进来。

"允季学长，你不能和这种女生在一起啊。她妈都和别的男人跑了，这么放荡的女人的女儿一定也好不到哪儿去！何况她还有病！这种不爱说话的人心机最深沉了……"

我分不清楚这个声音属于谁，听不清楚她接下来的内容，也看不清楚石允季和林霖的表情。有那么一个念头闪过，我应该冲上去告诉她们不是这样的，我应该去辩驳去解释，去戳穿那个对着石允季楚楚可怜、泫然欲泣的女生。可惜那个念头走得太快了，快到我都没发现它存在过。

　　于是我只是抓住了我的书包，站了起来，跌跌撞撞地向门外走去。

　　雨珠稀稀拉拉地坠了下来，落在了书包上，漫不经心地映出了我的狼狈，然后不停留地化成了水，只留下一个个难看的深斑看着我不阴不阳的笑。

　　我抬头看了看天空，再下大点，把深斑掩盖的唯一办法就是把它整个淋湿吧。

　　身后打过来一把伞，把我连同被我抱在怀里的书包整个罩住了。

　　"淋湿了只是掩盖斑驳而已，洗干净以后晾干，下次下雨记得打伞才不会再次弄得这么狼狈，知道吗？"是那个会读心术的石允季。

　　我没有回头，在知道了那些以后，他一定是很瞧不起我的吧？我们从此应该不会再有交集了——谁会想和这种家世恶劣还有心理疾病的人有交集呢？

　　"你这样真的很让人讨厌！"他拽住了我，把伞塞到了我手里，扳着我的肩让我面向了他，"明明还是个小孩子，为什么总要把所有事情都隐藏在心里？为什么总要把自己变成那个受害者？"

"我本来就是受害者！所以我应该被讨厌！所以我不说，所以我在自己的世界里过得很好！可是你为什么要来打破这一切？如果不是你，根本不会有人注意到我，根本不会有人来和我做朋友，也根本不会有人想到来践踏我！你觉得很有意思吗？捉弄一个和你不是一个世界的人？你已经知道了我的秘密，而且所有的人都知道了。现在你应该去庆祝了，这个笑话足够逗笑你了吗？！"

我竟然可以说这么一大段话，我都被自己吓了一跳。

雨打湿了石允季露在外面的肩膀，雨雾朦胧，我看不清他的表情，然后他拥住了我，轻轻地说："以后，我会守护你。"

那一瞬间雨滴透过伞打在了我的睫毛上；那一瞬间我突然想放下所有心防、所有恐惧张开双臂拥抱他；那一瞬间我觉得仅仅这七个字透露出来的心意已经足够了。

下一个瞬间我推开了他，踉跄地跑掉了。

3. 起初以为你是明媚阳光，
后来才意识到你是连面对黑白都可以灿烂的人

漫长的暑假。

我从没觉得暑假这么慢这么长过，而开学后我就读初二了。石允季也顺利地升入了本校的高一。

那天拖着空白的脑袋、疲累的躯壳回到家以后，以为挨过几个星期的嘲讽羞辱才会被遗忘的事情，第二天竟然就像什么都没发生过一样悄无声息地就此揭过了。

除了那个举着瓶热牛奶带着巨大笑容站在班门口的少年。

我知道那些装作什么都没发生过的女生隐藏起对我的厌恶是因为他；我知道她们还是很讨厌我，只是不表露出来；我已经很感激。仅此而已。

上学的时候对他无时无刻地出现在身边引来无数目光感到恐惧不已，只想把自己变成透明人，消失在这个似乎可以被目光割伤的世界。而假期刚刚开始，平时最喜欢的安静得连一根针掉在地上都可以听到的家，此时竟然让我觉得时间慢得可怕——我已经写完了所有作业，看完了一本书，可暑假刚刚过去一个星期。把自己蜷缩在熟悉的小沙发上，百无聊赖地摆弄着爸爸提前半个月送的十四岁生日礼物——一部新手机。然后铃声大作的手机吓得我差点从沙发上摔下去。

"喂，我们去逛街吧？"电话那边的人顿了顿，"女孩都喜欢逛街的吧？"

"……"

"也是，你不能当普通女孩论。要么我们去游乐园？"

"……"

"画展？茶道会？还是看电影？"

"……"

"算了，快点收拾好东西吧，我十五分钟到你家楼下。"

直到听见他的声音，我才意识到我想念的不是上学的日子，而是有一瓶热牛奶的日子。心里那丝小小的期待已经无法压抑地变成了跳跃着的欢欣鼓舞，和同时快速蔓延着吞噬了我整个人的担忧与恐惧纠缠在了一起。

那一刻我才意识到我有多么羸弱、胆怯。

林霖和对石允季表白的女生的爱和恨都是飞舞着、张扬着、炽热的；石允季的爱和恨都是明媚、真诚着、绵长的；而我的爱和恨是深藏心中连对自己也不敢坦诚的秘密。

所以石允季来到我家敲门的时候，我惊慌地反锁了门。

"你又有什么毛病啊？！快开门！！！"听着门口石允季有些无奈的声音，刚刚还被恐惧纠缠着要崩溃的心脏就那么慢慢地平复下来了。他的声音真的很好听啊。

"不要瞎琢磨了，大姐……外面热死了，渴死我了。我给你带的冰激凌都要化了！"

有点想笑。我迅速地收拾了一下房间，然后拉开了房门。

斜倚在门框上的石允季猝不及防地栽了进来，狼狈地撞倒了我，并且完整地压在了我身上——我的初吻就这么交待了。

嘴唇上的温热让我暂时忽视了脑袋和地面接触的痛楚，而不好好站着的始作俑者石允季压在我身上仅仅是瞪大了眼睛看着我。回过神来，我恼怒地抽出手用力地推了他一把，他才如梦初醒地从我脸上挪开了他的嘴。

"……对不起。"他手忙脚乱地从我身上爬了起来，脸色有些潮红。没有镜子，但是我想我也好不到哪儿去。

石允季少见地有些局促，他拉起了我，开始收拾洒了一地的冰激凌。

"步语……"

嘘，什么都别说，别让我不敢面对你……我有点紧张，不自觉地攥紧了衣角。

石允季的脸上划过了一丝落寞，稍纵即逝，旋即转换成了大大的笑脸："我们去看电影吧！"

那天的每一个细节都那么清晰地停留在我的脑海里。那天我们看的电影是口碑差极的《暮光之城》（*Twilight*）；那天石允季买了一杯奶茶和我一起喝；那天石允季一直在笑着和我说话，他的笑灿烂地连晚霞都被感染得来早了些；那天我几乎见到了那带着七彩光芒飘摇而上的幸福泡泡，只是那泡泡吹弹可破，让我那么不安，不安得连触摸的勇气都没有。

暑假就在数千条和石允季的短信里飞速离去了。真奇怪，我看见人就说不出话，却可以洋洋洒洒地写下一条数百字的短信。

明天就要开学了。

我在石允季的软磨硬泡下和他去了动物园。一路颠簸着到了动物园，石允季拉着我跑向了麋鹿苑。

"麋鹿就是传说中的四不像，没见过吧？"

我打量着眼前的六只麋鹿，哦，是七只。还有一只小小的被母鹿护在了身下，看着母鹿宠溺地舔着身下丑丑的小家伙，我的心突然狠狠地疼了一下，像是看见了多年前那个躲在母亲怀里看故事书的自己。

石允季鄙视地看了我一眼，然后温柔地握住了我的手。

下一秒母鹿从小鹿身边离开了，不顾幼崽呜呜的呼唤，走到了麋鹿苑的另一端；而小小的麋鹿哼唧了几声没有得到回应，也就自行去吃饲料了。

"离开，不一定是背弃，而是另一种信任，相信你可以照顾好自己。"石允季没有看我，他望着独自挣扎的小麋鹿，声音小得像在呢喃，"步语，我从来没有告诉过任何人，小学毕业，我爸就和我妈离婚了。我妈带着我哥去美国了，我爸又结婚了，而我要日日夜夜地和这个不是我妈的女人生活在同一个屋檐下。而且，我还得了血癌。"

世界一瞬间昏暗地摇摇欲坠，我呆呆地看着石允季努力地消化这句话。石允季笑得前仰后合。

"骗你的！我健康得很。"

眼泪不受控制地涌了出来，布满了我的整张脸。

"哎哎，你别哭。对不起，对不起，我错了。我没骗你，除了血癌这个是逗你的，其他的都是真的！我发誓！你别哭了啊！"慌了手脚的石允季一边抹着我的眼泪，一边慌乱地解释着。

为什么要这么坚强？为什么失去妈妈还能有这么多快乐

和笑容？为什么不在我对你理直气壮地说我是那个受害者的时候反驳我？你的坚强让我此刻无地自容。

"步语，让我以男朋友的身份守护你吧。"石允季的眼睛闪着明亮温和的光芒，凝视着我。

不知怎的，我脑海里闪过了那个陪伴了我大半个初一的双马尾女孩，她坐在我的座位前面巧笑嫣然；她拉着石允季走进班里，面无表情；她把我的日记本密码告诉别人……那个总是带着笑意给我买新书包新衣服的女人，她温柔地陪我吹灭生日蜡烛；她转身离去得悄无声息……

"好。"我抬起满是泪痕的脸看着石允季，学着他的样子做了一个我认为最灿烂的笑容。

那一刻我感受到了那根弦的存在，那根连接着我和石允季心的弦。沿着那根看不见的弦，哪怕是最细微的颤动，我都可以感知并理解。那根让我和石允季从此牵扯的坚韧的弦，传递给了我来自那端最温柔的温暖。

4. 你改变了我的属性，升级了我的程序，
然后逃之夭夭，只留下新的我

风吹绿了叶又落。

两年转瞬即逝，我马上要步入本校高中，而我温暖的"神经病先生"也即将上高三。又是开学的前一天，我和石允季的两年纪念日。

夕阳微醺，我和石允季气喘吁吁地瘫坐在沙滩上。他伸了个懒腰把自己放平，眯着眼看我。

"有事？"他性感的麦色皮肤在阳光下熠熠生辉，像磁石一样吸引着周围女孩的目光。我努力地收回了视线，翻了个白眼。

石允季揽住了我的腰，拿着刚刚我们在兜售海边特产的老奶奶那儿买的大海螺放在耳边仔细地听。

"你前面就是海哎，那么大的波浪声不听，非要拿着个小海螺听……"我再次翻了个白眼。

"步语，再有一年，我们就不在一个学校了。"石允季搂在我腰上的手臂紧了紧，"真是不放心啊。"

"怎么这么杞人忧天，明明还有整整一年。而且我会和你上同一所大学的，我们只会分开两年而已啊。"我笑得没心没肺。

我发誓，那个时候我真的是发自内心这么想的。而太安逸太舒适的阳光和海滩让我醺醺然得忽略了那根连接着我们两人的弦那端的微澜。

石允季看着我，然后笑了，他坐了起来，用力揉乱了我的头发。

"又漂亮了，怎么办啊？"他一边挖着沙子一边嘟囔，"早知道你笑起来这么漂亮，就应该放你闷着，省得我走了，你笑给别人看。"

第二天到了学校，远远看到站在校门口醒目的石允季举着一瓶热牛奶朝我挥手。

"为什么不回我短信？为什么为什么为什么？"他一边把牛奶递给我一边抱怨。

"允季学长！"已经很久没有听到这个熟悉的称谓，女孩欢快地跳跃地蹦跶到了我们身后。

我咬了咬嘴唇，她也升入本校高中了啊。

"哎？步语，你也升入本校高中了啊。"林霖的招牌双马尾剪成了齐头帘的短发，衬得她更加可爱。她就这样若无其事地，在两年多没有说过话之后，像什么都没发生过一样可爱地出现在了我们面前。

石允季有些担忧地看了我一眼。

步语，你在紧张什么？你要坚强，要让他放心啊。然后我对自己也对石允季安慰地笑了笑。

"真是奇迹，你的脑子居然还可以上高中。"石允季瞥了林霖一眼，拉着我的手继续走。

"步语，你被分到几班啦？我们在不在一个班啊？"林霖加快了脚步走到石允季边上，和我们并肩前行着。

"对了啊，几班来着？好像是三班？"石允季埋首在我书包里翻腾着课表。

林霖惊喜地喊道："三班吗？我也是哎。步语，我们又可以在一个班了呀。"她顿了几秒钟，探头看了看面无表情的我，拽了拽石允季的袖子："允季学长，步语姐真是一点没变，你真厉害，能和这种闷葫芦交往两年……"

"闷葫芦？你在说我吗？"两年前那一闪而过的怒火此刻终于姗姗来迟，我站在了原地，"真是不好意思，你不梳辫子真是更矮了，我刚刚都没有看到你。还有，麻烦你，放开抓着我男朋友的手，好吗？"

看着绿着脸跑掉的林霖，石允季笑得前仰后合。

那天放学后石允季像往常一样送我回家。他站在我家楼下拉着我的手又讲述了一遍早上我的表现有多英勇，然后他说："步语，现在就算把你一个人留在这个高中、这个城市，我也不会担心了。"

他给了我那么多暗示，暗示着他将离去。

一年以后，在他毕业的那个暑假，他的手机号码变成了空号，家里电话只剩忙音，我在找遍了所有我们一起去过的地方以后，失魂落魄地回了家，像四年前一样蜷缩在沙发上。我发着抖一遍遍地拨打着他已成空号的手机，手足无措。

爸爸一遍遍地问我怎么了。没事，没怎么，只是再也没有那个不需要我说任何话就可以读懂我每一个心情的人了。

我只能强忍心慌地回忆起每一个有过他暗示的细节。

这是四年来第一个没有他的暑假，那根弦像是断掉了，我感知不到有关他的一丝一毫。他消失得那么彻底，彻底得我甚至开始怀疑这是不是南柯一梦，他有没有真实地存在过。可桌子上的海螺、积攒了厚厚一摞的电影票，我们一起去动物园、去爬山、去海边的合影，无时无刻不提醒着我他曾是糅合在我生命里的一部分。

"他和那些人一样！没有任何不同！""他骗了你，他背弃了你！"狠狠地扇了在心里挣扎着跳出来的念头一巴掌。

我记得那个坚强的他说："离开，不一定是背弃，而是另一种信任，相信你可以照顾好自己。"我记得那个会读心术的他说："以后，我会守护你。"

我终于相信，那个为我遮风挡雨、教会我重新面对世界、说要以我男朋友的身份一直守护我的男人已经离开了。我也努力地相信他并没有背弃我，他只是有事，他会回来，继续以我男朋友的身份守护我。

而我要让他放心。

于是我对自己说，别怕。然后开始学习这个男人的微笑方式，学着用他的微笑面对每一个人；学着用他的眼睛去看世界；学着用他的心去思考；用两个人的心去寻找那根看不见弦留下的哪怕一丝一毫的痕迹。

让一切维持原样，在他回来前。

5. 长久以来看着太阳微笑的向日葵，一不小心就变成了小太阳

两年以后。

我拖着硕大的行李箱，站在了 S 城的火车站，深深地呼了一口气。那口气似乎化作了实质，袅袅地连带着高二高三

那两年所有的污浊疲累灰飞烟灭。

那个当年舌头僵硬得说不出来话的我成了学校辩论团的一辩；那个只愿意瑟缩在角落里的我可以在一群阴阳怪气的人中间应对自如；只是在偶尔听到林霖刻意地提起石允季、刻意地炫耀她妈妈又给她买了新的手机时，会像一瞬间坠入冰窖，呼吸结冰。

但是没关系，我已经离开了那个只剩下石允季影子的城市。

两年的努力学习没有让我失望，我如愿以偿地在暑假里收到了 S 大的录取通知书。于是，距离开学还有足足一个星期，我就迫不及待地来到了 S 城。

这个有他的城市。

看着出租车外飞速倒退的景物，想起了他消失前的那天，我陪他去参加最后一场高考。在考场外，他不断地揉着我的头发，拿倒了英语书，忘带了铅笔，紧张地踱步；记得我笑话他他也会担心，又安慰他他一定会考上 S 大；记得他进考场前吻了我的额头，附在我耳边带着他一贯的玩笑语调说："我会在 S 大等你的……"

S 大巨大的烫金招牌已经映入眼帘，一直强撑着若无其事的我忽然心慌。我幻想过无数次重逢的镜头，都有一个他必须在的前提。可是如果他根本没有考到 S 大，如果他离开的理由是厌倦，如果他身边已经有了另一个人……这两年我坚信着"绝不可能"的念头突然在此刻全部潮涌而出，化作一个个真实的画面交替着在我眼前闪现。

拉着行李一步步地走在这个新鲜又陌生的校园里，因为还没开学，所以校园里显得空荡荡的，只有急匆匆走过的几个身影。突然理解了王家卫的"念念不忘，必有回响"，我的视线里出现了一个熟悉至极的侧影——挺拔的鼻梁，黑色T恤，修身长裤，金丝眼镜，戴着耳机，嘴角微微扬起，皮肤像是白了些，头发长了些，坐在学校广场上的喷泉边上低头翻看着一本厚得像词典的书，阳光透过喷泉打在他的身上，让他像个浮影一样恍惚。那个曾照亮我的生活、让我心心念念的身影此刻近在咫尺，我紧攥着书包带子的手竟然不自觉地冒了汗。

"石允季。"我走到他面前，揪掉了他的一只耳机。

他愣了愣，有点迟钝地合上了书，站了起来，歪着脑袋俯视我。

直到再次见到他，我才意识到我积攒了两年的思念有多厚重，我以为他应该笑，可是他没有，他就那样静静地凝视我。我以为我会笑，可眼泪像摔碎的水杯，迅速地布满我一整张脸。然后我踮起脚，闭上眼睛，吻住了他的嘴唇。

他的嘴唇沾上了我的泪，咸而涩。此刻我的心像是迷了路终于回到家的奶犬，甜蜜而温暖。

直到他僵硬地推开了我，和当年他摘掉挂在自己身上的林霖一个表情。

心猛地吊了起来，还没来得及被拒绝的痛楚淹没，我抹干眼泪，发了疯似的盯着眼前这个男生，脑袋冒出了无数因为心脏大起大落而忽略的问题——他什么时候开始戴眼镜了？他什么时候开始喜欢看这么厚的书？他怎么会让头发长这么长？他怎么不去打篮球却一个人窝在这儿听音乐？

天，我好像……认错人了。

"你认错人了。""金丝眼镜"皱了皱眉，伸手抹掉了残留在他嘴唇上的我的泪滴。

那一刻我只想找个地缝钻进去。

而林霖的出现再一次告诉我，千万不要以为这一刻已经足够悲剧，"下一刻"永远在时刻准备着创造你人生"最悲催"奖项的新纪录。

"哎哟，这么久了还是像刚在一起时那么甜蜜呀！允季学长，真是好久不见，你这两年怎么一次都没有回去看过步语啊？我们都以为你们分手了呢。"林霖穿着10厘米高的高跟鞋，化着浓艳的妆，带着不少的回头率，摆着一脸她从初一就会的招牌阳光灿烂的假笑朝我们款款走来。

我咬了咬牙，还没来得及说话，林霖的笑容更大了："不过也是，要不是步语追到S大来，允季学长你早就和这种血统肮脏的人分手了吧？"

血一瞬间充到了脑子里，我不自觉地轻微颤抖了一下，感觉到我的脸不受控制得因为愤怒变了形："你哪来的脸说我啊？追允季追到S大来，八年了吧？还没放弃啊，八年他都没理过你，你还真是有毅力。你小名是不是叫小强，打不死的？还是叫鼻涕虫，粘上了就扯不掉？"看着脸色连变的林霖，我扯了扯嘴角，像是说她也在说自己，"你真可悲，喜欢了那么久，竟然连他都认不出来。"

"什么意思？"

"金丝眼镜"看着林霖突然出声："你是八年前在Z小学门口和我表白的那个吧？"

林霖错愕地张大了嘴巴，我想我一定也是这个表情。

"你别看允季学长平时嘻嘻哈哈吊儿郎当的，拒绝我的那天他特严肃特正经，一副苦口婆心为我好的样子。我简直不能相信这是一个人——"

林霖当年说的话一字一句地在我脑海里打转。

"没事的话，我先走了。""金丝眼镜"说罢，撇下发愣的我和林霖掉头就走。

我几乎看见林霖的眼睛在迷茫过后瞬间放了光，她急匆匆地追了上去："学长，你也是Z小学的？你长得和允季学长好像。你认识他吗？啊……对了，怎么称呼你呀学长？"

"金丝眼镜"头也不回地说："你用不着称呼我。"

我看着尴尬僵在原地的林霖，无法克制地笑了起来。似乎是听见了我的笑声，"金丝眼镜"停住了脚步，转身看了林霖一眼，然后朝我走来。

真是和允季好像啊，不只是脸，身高和身材都好相似啊。他是石允季的哥哥？也太像了吧。还是说……我瞬间回过神来，如果是哥哥，怎么会知道林霖表白的事情？！

"石允季！你太过分了！耍我玩儿啊？！"林霖先我一步喊了出来。

"金丝眼镜"撇了撇嘴，站在我面前盯着我。

在我被盯得浑身不自在正打算开口的时候，"金丝眼镜"终于张嘴了："我是石允季的双胞胎哥哥，我叫石允硕——不过，在这儿我就是石允季，我将接收关于他的一切……但是包不包括女朋友，还真是个问题。"

在那次分开以后我懊恼地回过神来，竟然忘记了留下他的电话，他是我找到石允季的唯一线索啊。

偌大的校园里，再次见面已经是半个月后了。

我煞费苦心地向大三的学姐打听到了石允硕的课表，终于以翘掉一节思修课为代价在大三教室门口守到了准备去吃午饭的他。

他显然很饿，饿得像看不见我在挥手、听不见我在叫他一样，自顾自地快步向食堂的方向走去。

"嗨，石允硕……"

"你有空吗？我想问你些事情……"

"你去吃饭吗？"

一路小跑地跟着无言的他到了食堂，看着他买了饭菜，才发现自己没带钱包。于是我饥肠辘辘地坐在他面前，看着他大快朵颐。

"石允硕！你有这么饿吗？饿得都没力气回答我一个字

吗？！"我咬了咬牙，揉了揉因为饥饿而不停作响的肚子。

石允硕抬了抬眼皮，看了我一眼，"嗯"了一声，想了想，说道："第一次见面你就强吻我，都不尴尬吗？"

"我又不是故意的，我把你认成你弟弟了啊。"

石允硕不置可否地歪了歪头，施施然地埋头继续吃饭了，任凭我在旁边狂风暴雨般唠叨个不停，他也不再抬头。

得不到回应和饥饿让我颓然地趴在了桌子上。看着眼前这张和石允季一样的脸，突然想起了很久以前。那个时候他一个人在我面前自言自语，每一句话都得不到回应，那时的心情一定和我此刻一样不舒服吧，却还是能笑着讲出那么多千奇百怪的话；那个时候他盛夏跑来我家，只为了给我送来一份冰激凌，和没人可以交流的我聊会儿天；为什么要离开呢？为什么这张一样的脸下面却不是一个人呢？

"哎？别哭啊，对不起对不起，别哭了啊你。"石允硕不知道什么时候坐到了我身边，递来了一张纸巾。

我哭了吗？

透过朦胧泪眼看到了一脸紧张的他，一瞬间的恍惚，我钻进了他的怀里，紧紧地拥住了他。

"允季，别玩了，不好玩。我一个人要撑不下去了，我真的不能自己撑下去了。我答应过你让你放心，不会像我妈走了以后那样抑郁自闭。我真的有努力，我已经很努力……可是太难了，这太难了，对于我。我每天都会梦见你，我每天都在等你，我每天都在告诉自己再撑一天就好，一天过后你也许就会回来陪我。可是这一撑就是两年啊……允季，我真的不行了。"我的鼻涕眼泪蹭了他一身。

他有些僵硬地环住了我，拍了拍我的脑袋。

"好了，别哭了，那么多人看着呢，也不怕丢人。"他语调温柔。

我哭得更加凶了，后背随着抽泣止不住地起伏："骗林霖就算了，干吗要骗我？你就是这么守护我的啊？石允季，你混蛋。"

"抱歉……别哭了。再哭就不漂亮了。"他呢喃着。

石允硕紧紧地握住了怀里女孩的手，感受着她柔软的身躯，感受着她单薄的温度，感受着她冰凉的泪水透过衬衫接触到皮肤，渗过皮肤一层层的组织流进了胸口的位置，狠狠地酸了一下。

6. 有些爱与关怀看不见，却从最初开始以后就没停止过

学校旁边的奶茶店。

周围来了坐下又走掉的情侣已经换了三四对儿。面前的奶茶一口没动，吸管却已经被咬得面目全非，石允硕还坐在我面前嘴巴一张一合，我却只能听见我心脏剧烈的震动声。

"允季三年前得了慢性肾炎，需要做肾脏移植手术。在国内一直没有找到匹配的肾源，我爸又整天和那小三黏在一起，根本不照顾他，我妈就说把他接到美国去好照顾他也好

治病，他坚持要高考完再过去，所以高考结束以后他就过去喽。至于我，在美国也没考上什么好学校，反正他也没办法来上学了，我就替他回来上学了。"石允硕说着摘下了眼镜，朝我挑了挑眉，"是不是根本就看不出来我们是两个人啊？"

"那……那……他现在呢？做完手术了吗？病好了吗？"拿着奶茶杯的手止不住地颤抖着，我慌乱地问道。

石允硕原本在好笑地看着我，渐渐地表情有点忧伤。那一刻我的心脏像是被谁攥住了，身上每一块骨头都像是在冒着冷气，我突然害怕听到答案。

"他还在美国啊，治疗得据说挺好，我去年圣诞节见他的时候看着还胖了点。就是还是没有合适的肾源……不过我妈一直在努力找呢，别那么紧张。"

被攥得变了形的心脏终于像海绵一样一点一点地复原了。

我有点恼火地瞪了石允硕一眼，干吗没事做那么可怕的表情，果然是亲兄弟，演戏天赋一样好。

"可是他为什么不告诉我这些呢？他在那边不能打电话吗？"

"我怎么会知道？可能他不想让你知道吧，想让你早日忘掉他重新开始呗。"石允硕翘起嘴角，递给了我一根新的吸管，"他都消失两年了，你干吗还找他？"

我着迷地看着摘下眼镜的石允硕，无意识地回答："因为，我爱你啊。"话一出口，我立刻回了神，我竟然再一次把他当成石允季了。

"对不起对不起，你还是把眼镜戴上吧……你摘了眼镜实在是太像……"随着石允硕越来越阴沉的脸色，我的声音越来越小。

尴尬地低着头喝了两口奶茶，我试图转移话题："啊，哈哈。哎，对了，那你怎么会知道林霖和允季表白的事情啊？"

石允硕明显心情不好，玩着手机，眼皮都没抬起来："因为她表白的人不是石允季，是我啊。"

看着我错愕的表情，他翻了个白眼解释着："我和允季在一所小学啊，那时候爸妈还没离婚，我妈是在我初中才带着我到美国的。"

"这样啊，我倒是听允季说起过妈妈带着哥哥去美国的事情，可是他没有说过哥哥跟他是双胞胎……可是，不对呀，那为什么林霖会不知道允季有双胞胎哥哥呢，你们不是在一所学校吗？"我又开始咬吸管。

石允硕沉默了一会儿，一眨不眨地凝视着我，看得我心慌意乱，停止了咬吸管的动作。然后他转移了视线，淡淡地说："她那会儿才四年级吧，能知道什么，也就知道石允季那种没心没肺地整天哗众取宠的主。"

说曹操，曹操到。

才刚刚开学一星期，林霖的身边已经又围了一大圈狐朋狗友。

"哎哟，这不是步语吗？还有允硕学长啊。"林霖刻意放大的音量成功引来了周围人的侧目。

我看向石允硕，装作没听见。

"弟弟走了，就要对哥哥下手了？哎哟，步语，你真是遗传了你妈妈水性杨花的特质啊。"林霖扭头又对石允硕说道："允硕学长，你要小心啊，你还不知道步语她们家的事儿吧？千万别和允季学长一样被这种女人骗了啊。"

"林霖，你少放屁，你才他妈水性杨花呢。偷我的日记本也是你干的吧？多少年前的事儿了，我都不追究了，你怎么还有脸提啊？"努力克制着因为愤怒、屈辱而带来的颤抖，我看着林霖一字一句地说。

林霖冷笑："是，我偷你的日记本怎么了？真是，多少年的事儿了我都不爱提，你自己有多不要脸你不知道啊，装作不说话，每天听我说我有多喜欢石允季，然后呢，我看你和他在一起的时候话不也挺多的嘛！"

我怒极反笑："你要是不偷我的日记本，怎么可能会发生后来的事儿？我怎么可能会和石允季在一起？！"

是啊，如果她没有偷我的日记本，没有在全班人面前羞辱我，我怎么会和石允季在一起呢？一瞬间似乎消了气，虽然她一次又一次地掀开了我最不堪的伤疤，可是也是她这个举动才让我有了最美好的回忆啊。

"哎哟，你还打算装到什么时候啊？那天我在操场上都看见都听见了，允季学长说你是他女朋友，那会儿我可没拿你的日记本吧……多少年的事儿了，现在还装？哦，是因为允硕学长在？"

没了怒气支撑的我像泄了气的气球，软软地靠在了座椅上："他骗那个女孩的。"

"哎哟，你说这话你信吗？我就在旁边，怎么会那么没品地拿你去骗——"

石允硕刷地站起身，打断了林霖的阴阳怪气，拉起我走向门外，路过林霖的时候瞥了她一眼："拿你骗才是真的没品，还有，你腰疼啊老哎哟？"

手机铃声悦耳地响了起来，是那个我熟记于心的号码。

"喂，你在宿舍吗？"

这已经有点陌生的熟悉声音让我几乎拿不稳手机。

"我马上到你们宿舍楼下了，赶紧收拾收拾，我们出去玩。"

"允季……？你回国了？你的病……"

"快点下楼吧，我马上就到了，不要又让我等那么久。我很想你。"他的声音温柔得像是要融化我。

我对着镜子迅速地整理了一下自己，然后拿着手机小跑着下楼，一边傻笑一边幻想着两年没见面的石允季会变成什么样子，直到走楼梯的时候我一脚踏空——然后我蹬了一下腿，带着没来得及收回的傻笑从我的床上醒了过来。

竟然一觉睡到了中午，宿舍里一个人都没有。手机还在闪啊闪，显示着来自爸爸的数十个未接来电。我把手机扔到了一边，用被子蒙住了头，试图继续睡觉延续那个梦。

没等我合上眼，恼人的手机铃声又响了起来。

"阿语，怎么不接电话啊？"爸爸的声音听起来格外疲惫，没等我应声，又说，"你妈妈说今天她有事去S城，想顺便看看你……"

"用不着。"再次听到这个名词，我感受到了多年前窒息般的痛楚，"没事的话，我挂了。"

"哎，等下。你妈妈说本想赶在你十八岁生日时来看你的，但是——"

感受着骨节一层一层地冒出来的寒意，我不自觉攥紧了拳头，打断了他："我——妈——妈。她消失八年了，你说这个词怎么还这么顺口啊？我早就不当自己有妈了。"

"我知道她当年撇下咱们跟别人跑了你恨她，可是她终归是你妈啊……这也不能全赖她，是我没本事……"

我咬紧了牙关，用力地吸着气，像一不小心掉进了南极的冰窟窿。我没再说话，挂断了电话。

这个背弃了我的女人，给我的世界泼满了黑色油漆的女人，在我十岁生日之后就悄然离去的女人，竟然要回来给我过十八岁生日。还有比这更可笑的事情吗？

我笑了起来。

我以为我已经忘记，可是每当有人不经意地说出"妈妈"这两个字，脆弱不堪的心脏就会像经历了蹦极，然后在最虚弱的时候，就算是一根草，也可以轻易地击垮它。真奇怪，我已经快想不起来她的模样，恨意和恐惧却一点一点积攒，在最初积攒到快要爆体的时候，石允季恰到好处地帮我压缩了它。

笑着笑着，我又哭了起来。

当我以为一切好转，只要她不再出现，我就已经新生。这一切再次猝不及防地袭来，那个男生却远在大洋彼岸。就算我这么静悄悄地被身体里奔腾着的恨意、恐惧和痛苦吞噬掉，他也要很久以后才会知道吧。

电话铃声又响了起来，我蜷缩在被子里摸索着找到了手机。

"爱哭鬼？我是石允硕。"

"嗯。"

"赵姨……呃，我爸那小三，给我送来了点老家的小吃，上次你不是说想吃可 S 城没有吗，你要不要？"

枕头被浸湿了一大半，我掀开被子，擦干眼泪，大口地呼吸。

"要。"

当我整理好情绪，擦干泪痕，换好衣服，太阳已被流迁的暗沉吞噬，天浸成了深邃的群青色。才九月，昼短夜长的日子就迫不及待地赶来了。

走出宿舍楼门，就看见石允硕醒目的身影，略长的鬓发让他比当初的允季更像个女孩子。他回头看到我，皱起眉头努了努嘴。

"步大小姐，真是让我好等啊。你是在你们宿舍盖了长城吗？！"他翻了个白眼，递给了我几个精致的食盒。

我抱歉地笑了笑，接过食盒，仰起头问他："你酒量怎么样啊？"

石允硕愣了一下："还好。"

"那我们去喝酒吧。"说完，我一手拎着食盒，一手拽着石允硕，大步地向校外走去，"不醉不归！"

石允硕傻傻地跟着我走了两步，然后笑出了声。

"你笑什么？"我回头怒目而视。

他笑意更盛："心情不好？"

我不吭声，松开了拽着他的手，扭头继续走。

"脾气还挺大，你知道哪儿有喝酒的地方吗？"石允硕笑着快步跟上我，拉住了我的手，"跟着我走吧。"

那天我没能印证石允硕的酒量如何，因为一杯下肚，我就晕乎得分不清手和脚了。

石允硕说，那天我喝完酒就踏实地睡了，是他把我背到酒店的。

他没有说在我踏实地睡着前都发生了什么。

在我喝下第三杯酒准备倒第四杯酒的时候，石允硕拦住了我。

"别喝了，再喝该吐了。"他从我手中拿走了酒瓶。

我皱着眉摇了摇头，摇晃着抢回了酒瓶："不……不，我就喝。"说着我又斟满了酒杯，因为醉，洒掉的倒是和倒到杯子里的一样多。

石允硕拿过了我手中的杯子，一饮而尽。

我醉眼迷离地看着他，慢慢地蹭到了他身边，醉醺醺地抬起了一只手抚摸着他的脸，念叨着"允季，允季"。然后我钻进了他怀里，号啕大哭。

"石允季，你这个混蛋。你怎么消失了那么久……你知道吗，我爸爸今天给我打电话，说我妈要来 S 城看我。我妈！哼……我哪来的妈！八年了哎，"我腾出一只手放在自己眼前比画着，"真是啊，都八年了。我爸还说她本来想给我过十八岁生日的……我呸！我都快忘了有这么个人了，她就非得蹦出来提醒提醒我。提醒我她是怎么在八年前我生日时虚伪地陪我吹蜡烛，提醒我她是怎么就他妈为了个男人背弃我！"

石允硕僵直的胳膊渐渐柔软了下来，他缓慢地抱住了我，轻轻地拍着我的背。

"别哭了，怎么老让我看到你哭啊？"他的声音也软绵绵的，像棉花糖，安抚着我不停冒出坚硬的刺想保护自己却把自己扎得遍体鳞伤的心，"步语，我给你讲个我的故事吧。"

"嗯……"

"我小的时候，很崇拜我爸。我觉得他是神一样的存在，是无所不能的，是天底下最厉害的爸爸。直到小学六年级，我爸遇到了自己很多年前的情人，从那时候开始，他天天和妈妈吵架，不仅吵，还摔杯子砸电视。那时我和允季都很怕。可是允季和我不一样，我因为害怕和惊惧而变得越发沉默寡言，允季呢，好像没怎么受到影响，还是每天都意气风发——所以那个小丫头才会只知道他而不知道我。后来，在我们小学快毕业的时候，爸和妈就离婚了。步语，当你突然发现那个一直以来在你心中神一样的存在原来也食人间五谷，原来也会染上肮脏，也会让你无法克制地产生瞧不起的那种心情，你不能够理解吧？"石允硕顿了顿，用力地眨了眨有点模糊的眼睛，"再后来，妈妈要出国，要带走我和允季中的一个。我们都想留在国内，可是允季比我早说一步。看着妈妈眼里的伤心和希翼，我也就什么都没说……是不是很没用？"

石允硕凝视着我，轻轻地抚摩着我的嘴唇："为什么你一哭，我的心就会那么酸那么痛？为什么从你吻过我以后……"

"允季……"我闭着眼睛略略收紧了环着他腰的胳膊，"我冷。"

石允硕歪了头嗤笑，渐渐地收了笑容又深深地叹口气，打横着抄起了我："走喽。"

"爱哭鬼，为什么你要那么爱他，为什么你爱的他是我弟弟，他永远不会再回来再出现在你面前了，你知道吗？为什么我是那个后来的，却还是想和你有个后来。"

7. 我知道隐忍的爱情是无望的，你却说努力的爱情是无妄的

午后是学校中央广场的大喷泉最美的时候。

我出神地看着阳光透过喷泉落下溅起的一颗颗水珠，折射出七彩的光芒，然后转瞬即逝，化作虚无，只留泡影。

原来就算不触摸，那似乎和幸福有关的泡泡也会破掉啊。

"在想什么呢？爱哭鬼！"石允硕站在了我身后，低头看看我，又抬头顺着我的视线看去。

"喂！你才是爱哭鬼！你走路怎么都没声啊，吓死人了。"我一个激灵，义愤填膺地转身朝他吼道。

"哪有，明明是你……"石允硕说着说着住了嘴，低头看着我。

好像离得太近了，真的太近了。我欲往后退，石允硕却一把揽住我的腰，把我兜进了他怀里。我错愕地瞪大双眼，气氛突然有些尴尬。

他蜻蜓点水般地在我嘴唇上留下了一个吻，旋即放开了我。

我愣在原地茫然地看着他，有些口齿不清："你……你你你你……你是石允季？"

石允硕原本略带羞涩的表情、欲张的口都僵住了。

他生硬地摇了摇头。

"那……那那……那你这是什么意思？"脑中的想法吓到了我，"你……不会喜欢我吧？"

石允硕有点呆滞地盯着我，咬牙切齿："别做梦了。"然后他轻佻一笑，"忘了？你第一次主动跑来亲我就是在这儿，我报复心很强的，好了，现在扯平了。"

我再一次错愕地瞪大了眼睛。

"你——个——神——经——病！"我扭头就走。什么啊，本来还想感谢他上次照顾我的，真是个混蛋。

石允硕深深地吸了口气，眼底的苦涩一闪而过，随即换上刻意的笑容，追上了我的步伐和我并肩前行："你要是再撇下我，我就不告诉你允季来电话的事儿了啊。"

我狐疑地瞄了他一眼，该不会还是在报复我故意骗我的吧。

看着无动于衷的我，石允硕无奈道："他早上给我打电话了，说已经找到匹配并愿意捐献给他的肾源了。妈妈说会尽快安排手术，如果顺利的话，明年这时候，你就可以见到他了。"

"真的吗？！太好了！"我停住步伐，兴奋地蹦跶着用力拥抱了在我旁边带着微笑的石允硕，"那他有没有提到我？你有没有告诉他我很想他？"我从他身上跳了下来，咬住嘴唇，洋溢着笑，期待地看着他。

石允硕攸地收了笑脸，努起嘴，用力地对我翻了个白眼："没有！我要去吃饭。再见。"

"什么嘛……那我也一起去。下次他打电话你能不能叫我来接啊？"我屁颠屁颠地跟在石允硕身后问东问西，却没注意到快步行进的石允硕试图整理满脸的失落。

石允硕再次深吸了口气，重新把嘴角上扬调整到微笑的角度，放慢了脚步，揽住我的肩膀："想吃什么？为了庆祝允季找到肾源，请你吃大餐！"

深呼吸真是个好办法啊，可以让心在从静如止水变成波涛汹涌的时候悄悄地沉入水底，带着所有负面情绪不动声色地暂时从脸上离去，留下微笑和温暖，面对她。

石允硕笑得带了点刺芒，似乎认识了她以后，自己最常做的事就是深呼吸了。

秋天就在我每天欢欣鼓舞地缠着石允硕问允季手术进展的日子里飞逝而去了。

学校里面已经贴得到处都是带着怪诞笑容的圣诞老人。真快啊，明天就是平安夜了。不知道前几天石允硕说的圣诞惊喜是什么啊。

平安夜。

石允硕起了个大早，包下了一整间电影院，开始一个人手舞足蹈地布置。

快到下午的时候，石允硕接过电影院工作人员递过来的盒饭，再一次嘱咐道："电影最后一幕结束时屏幕一定要及时上字幕。'爱哭鬼，以后请让我守护你的每一滴泪。''守护'两个字要格外放大一点。"在得到肯定的答复以后，石允硕满意地呼了口气。他打开饭盒，一边往嘴里扒拉饭菜，一边打量自己一天的杰作。

散落一地的玫瑰海，在电影播放过程中会飘浮起来的99个氢气球，一瓶准备在字幕出现时喷发的香槟，还有前一天刚刚从金饰店买来的小太阳形状的项链。

真奇怪，明明是没事爱哭一通的小爱哭鬼，为什么还会觉得她像个小太阳照亮了自己的世界呢？

石允硕放下了盒饭，握紧了手中的金色的小太阳项链，轻轻一笑。

她应该会喜欢吧。

七点半了，就在我对着手机一百一十一遍默念"石允硕，你要是敢把我忘到脑后，你就死定了"的时候，手机终于不负我望地闪烁了起来。

我按下了接听键："石允硕！平安夜让我饿到现在就是你准备的惊喜吗？！"

电话那边传来了石允硕的嗤笑："你是饿死鬼投胎的啊就想着吃。好啦，你先往B影院这边走，我去给你买饭，然后迎着你走。你想吃什么？"

"海鲜意面，还有巧克力熔岩冰激凌，不许说天冷不许吃冰激凌！"说完我迅速地挂掉了电话。

简直就是太聪明了，绝不能给他拒绝的机会。我得意地披上外衣，拎起包包，冲出了寝室，一边往校门口的方向走去一边期待着石允硕的礼物。

就在我幻想到第十种可能的礼物的时候，一个熟悉至极的身影两手空空地出现在了校门口，左顾右盼。

我皱着眉头打量他，手上空空如也，兜里瘪瘪的，没有背包。我猝不及防地冲到了他面前，前前后后仔仔细细地检查了他身上的每一个地方，确认了不仅没有惊喜，就连我刚刚点的海鲜意面都没有以后，我怒不可遏地看向他洋溢着惊喜、无辜、灿烂笑容的脸："石允硕！你这小人！就会骗人！"

他像是认识到了错误，歪了头，愕然地看着我。几秒以后，他眯了眯眼又扬起了笑容："步语，看来我不在的时候，你和我哥哥关系不错啊。"

我如遭电击。

"石允硕，这种玩笑不要乱开啊。"我有些僵硬地试图抬手抚摩他的脸。他笑容更甚，伸长胳膊一把把我揽入了怀里。

"步语，已经两年半没见了啊。对不起……"

真的是他，这么温柔地叫我"步语"而不是"爱哭鬼"，这个温度，这个味道，这个语调，只有他……

"真的是我。还是不放心你啊，"他低下头用脸蹭了蹭我的头发，"所以啊，上帝都没舍得收走我。步语，我回来了，回来继续守护你。"

心里一阵刺耳的喧哗，我用了两年建筑的防御塔稀里哗啦地粉碎消逝了。我紧紧地回拥住了他，眼眶红了起来，只要在这个怀里，我就不需要那些。我的石允季，会读心术的石允季，回来了。

"允季……"我隐忍着，泪还是落了下来。

石允季扳着我的肩膀，用那双我最熟悉的明亮眼眸深深地望着我，然后他凑了过来，温柔地吻住了我的泪："就算是喜极而泣，我也会心疼的，不哭了。乖。"

我的手机铃声不合时宜地大声响了起来。我匆匆地抹干了泪痕，哽着喉咙接起了电话。

"爱哭鬼！我买完饭了，你在哪儿？"

"学校东门。"

"你声音怎么了？"

我扬起了还挂着泪珠的嘴角："我高兴。石允硕，谢谢你！"

"说什么呢？等着我，我马上到。"石允硕莫名其妙地挂掉了电话，心里升起了一种不祥的预感，快步地向东门走去。走着走着，他就跑了起来。

石允季握住了我的手，拉着我坐到了路边的石凳上。感受着手掌传来的温热，心安定下来后，无数个在原本一无所有时一声不吭的问题膨胀着争先恐后地跳了出来。眼眶又开始发酸了。

"为什么？"为什么要不告而别，为什么连生病了也不告诉我，为什么一切都要自己扛下来，为什么两年一点音讯都没有，为什么明知道我最怕背弃却还是可以若无其事地离开那么久，为什么你一点也不担心啊？

"因为我爱你，也因为我相信你啊。"石允季握着我的手在自己脸上摩挲，他的眼睛闪亮亮的，"可是那个时候，我不相信自己。"

深邃的星空飘了雪，洁白地、轻盈地、嬉笑着、成群结队地跳着舞飞向了它们一生的终点，却成为圣诞节最美的点缀。

石允季抬头看了看雪花，附在我耳边悄声道："五年前，你爱上我那天，是不是也是这样下着雨？"

我撇撇嘴，反驳他："谁爱上你了。"脑海里却不自觉地回忆起了那个雨天，那天雨雾朦胧里，看不清表情的石允季对我说："以后，我会守护你。"

我轻轻地叹了一口气，看向他："那天的话，你都没做到。你消失这两年，又哪有守护我？"

石允季表情带了些从不属于他的犹豫，他挪开了和我对视的眼睛："对不起……当初我以为我只有离开才能更好地守护你。"

我才想起来因为太兴奋而忽略掉的他的病情，慌忙地把手放到了他的肚子上："你的病怎么样了？手术做完了吗？现在已经没事了吗？"

"已经全好了。要是手术失败了，我还能和你说话吗？你就该参观我的遗体了。不过……你摸错地方了。"石允季眯着眼坏笑，握住我的手向下挪了两厘米。看着羞得满脸通红的我，他温柔地捧起了我的脸，缓慢地吻了过来。

不远处传来了砰的一声，打断了已经闭上眼的我。石允季松开了捧着我脸的手，疑惑地回头望去。

石允硕的脸上还带着没来得及收回的笑，手中精致的饭盒和冰激凌掉到了地上，原本诱人的食物此刻被摔得面目全非，巧克力冰激凌丑陋地摊了一地，似乎在戏谑地看着自说自唱自导自演最后只能自娱自乐的他打算怎么收场。

我惋惜地盯着前几秒钟还摆着漂亮 pose 的冰激凌，然后决定原谅石允硕。

"谢谢你的惊喜！我很喜欢！"我高兴地拉着石允季走到了他面前。

石允硕没有看我，而是盯着允季，张了张嘴，却没有发出声音。石允季拍了拍他的肩膀，扫了一眼地上的狼藉："哥，一起去吃饭吧。"

"不了，你们去吧。那么长时间没见了不是吗？我还有事儿。"不知道是不是我的错觉,石允硕的声音似乎有些沙哑。

石允季看着他离去的背影，又看了看一脸疑惑的我，眯起了眼。

"走吧，吃饭去，吃完饭我们去教堂听圣诞钟声。想吃什么？"

石允硕快步地向电影院的方向走去，揣在兜里的手用力地紧紧攥着那个小小的装着他全部心意的小盒子。

雪花轻飘飘地落在了他脸上，生疼。

那个脸上写满幸福的自己深爱的女孩和那个跟自己长着同一张脸的孪生弟弟在石凳上相依偎的样子在眼前不停闪现。"不是说绝不能再和这个女孩在一起吗，不是说就算病好了也要留在美国不回来了吗？你突如其来地归来，轻描淡写地出现，让我的告白变成了一场笑话，让我的爱变成了脏掉的食物，连说出口的机会都没有，就被狠狠地丢进了垃圾桶。"

不知不觉地走到了电影院门口，不顾工作人员讶异的眼神，示意他们现在开始播放，石允硕小心翼翼地走进了那间他布置好的放映厅。

5200朵娇艳欲滴的红玫瑰铺成的海洋，屏幕上用步语照片拼出来的"圣诞快乐"。石允硕哀伤地看着屏幕上那不属于自己的笑脸，静静地坐到了最后一排最中央的位置。如果她能看到，会是什么表情呢？石允硕从兜里掏出了那个因为过度用力而被攥得有些变形的精致礼品盒，从里面取出了小太阳项链，深深地吸了口气。

然后他扯动嘴角，微笑起来，对着手中因为灯光照耀而格外熠熠生辉的项链说："你就代替她来看着我吧，这样我就不会哭了。"

屏幕亮，影院黑。

漫天的氢气球铺天盖地地飘了出来。

黑暗里那个金色的小太阳也不再发出光芒。

深陷在座椅里的人影叹了口气："我的惊喜你都没有看到，怎么知道喜不喜欢呢？我真是个傻瓜，当所有可能都破灭却还有奢望还想再努力一次的傻瓜，如果没有石允季，你是不是也许会注意到还有我在灯光照不到的阴影里喜欢着你？也可以分给我哪怕一点点的心？"眼眶犯了潮，石允硕自嘲地笑了笑，深呼吸已经没有用了啊，这一次汹涌袭来的疼痛如此真实，让藏在最深处的心已经无法再欺骗自己，"其实再明白不过你对石允季的爱，可是还是无法挪开放在你身上的视线，从一开始不由自主地掉进你的黑洞，到一步步心甘情愿地努力前进，一次次摔得满心疮痍，越走越深，也越摔越痛。爱哭鬼，是不是因为我是那个后来的，所以就算再努力，也不配拥有后来了？"

8. 传说看到永昼极夜交替时出现的那一束光，会被灼烧成灰

　　"石允硕是回美国去了吗？"我拉着允季的手走在回学校的小路上，突然想起似乎已经很久没有出现的石允硕。

　　"没有啊，干吗这么问？"

　　"就是问问。上次见他还是元旦晚会哎，都一个月没出现过了……而且你已经回来了，又不可能两个人一起去上课，他难道不回美国吗？"

　　"那么期待我走？"石允硕的声音冷不丁地出现在了身后。

　　我带了笑回过头去："好话你听不见，坏话一说——"声音戛然而止，我的声带像是卡住了。那个挎着石允硕胳膊趾高气扬地看着我的女孩，除了林霖，还有谁。

　　石允季的目光从林霖身上移到了石允硕脸上，失笑道："哥，你也不能这么饥不择食吧。"

　　石允硕冷着脸一声不吭，死死地盯着我。

林霖倒是笑得很开心："允季学长，好久不见啦。听说你去美国治病了，现在已经痊愈了吗？啊……"她掩了嘴娇笑，"哈哈，以后不能叫允季学长了，我很可能成为你嫂子哦。"

我和石允季的脸同时冷了下来，竟然连这种事情都告诉她了，石允硕他到底想干吗？

看着脸色越来越差的我，石允硕像是挂不住了，他不着痕迹地摘下了林霖紧紧黏在他胳膊上的手，目不斜视地快步向学校的方向走去。

允季揉了揉我的头发，看着紧追着石允硕离去的林霖，眉头微皱："她竟然追着你考到 S 大来了，我不在的这两年，她没少挤兑你吧？"

我咬了咬嘴唇，这个石允硕到底怎么回事儿，明明之前那么讨厌林霖的啊，好像从圣诞节之后就怪怪的，上次元旦晚会也爱搭不理的拿我当空气……为什么我感觉他像是在生气呢，可是他哪来的理由生气啊，难道是因为他准备了石允季这么一个大惊喜给我而我没有好好感谢他？

"想什么呢？"允季的声音打断了我的胡思乱想。

"啊……没有啊，你说什么？"

石允季嘟起了嘴，幽怨地看着我："步语啊……为什么原来你不说话的时候我可以听到你每一个想法，可是现在你明明在说话，我却好像什么都听不清了。"

虽然是句玩笑话，心却突然像是被抽离了点什么。是啊，他就在我身边，可是那根看不见的弦没有和他一起回来。

　　我像是在安慰他也像是在安慰我自己，掐了掐又戳了戳他鼓起的脸蛋："允季啊……为什么原来感觉你像个明亮炙热的午后太阳，可以照亮世界的每一个角落，可是现在像个快下山的老太阳呢？"

　　石允季仰起头，眯着眼看着透过厚重云层勉强露出微光的夕阳，又露出了那不属于他的犹豫表情："两年了，我们都有变化了……可能是因为美国的太阳比这里纯粹，晒久了也就更习惯了。"

　　顾不上研究他的表情，我笑了出声："大哥哥，美国的太阳，也是这个太阳。"

　　石允季也笑了，然后他低下头睁大了眼睛盯着我，写了满满一脸的认真和期翼："不一样的！那里的太阳真的比这里纯粹！步语……不然和我去美国吧。在那儿的太阳底下没有顾虑地，没有羁绊地，纯粹透明地，重新谈恋爱。"

　　我愣住了。

　　去美国？我从来没有想过去那么遥远的地方啊……就在我不知道如何回应他充满期待的眼神时，石允季的手机适时地给我解了围。

　　"喂？""在哪儿？""哦好，我马上过去。"

　　挂掉电话，石允季一脸歉然地对我说道："我爸听说我回来了，特地过来看我，我得去见他一面，没准得一起吃顿饭。你自己回学校没问题吧？"

悄悄松了一口气的我比了个 OK 的手势："放心啦，你去吧。我自己去食堂解决晚饭了，你注意安全。没事了给我打电话。"

一个人坐在食堂的角落里，我索然无味地啃着手中的包子，脑海里满是石允季刚才的一字一句。去美国啊……为什么要到了美国才能没有顾虑没有羁绊纯粹透明地重新谈恋爱呢？明明都是一个太阳啊，哪有什么纯不纯粹，顶多空气好一些嘛……可是，他终归会回去的吧。如果石允硕不回去，他总是会回到美国陪他妈妈的啊，如果真到了那个时候，我会不会和他一起走呢？

"啊！"舌尖传来了一阵刺痛，沉浸在思虑中的我不小心咬了舌头，从舌尖向整个口腔蔓延的带着铁锈味的血的味道，让我的心情突然有些压抑。我猛然抬起了头，却被坐在我身边两眼通红略带酒气的石允硕吓了一跳。

"你你你你你……你在我身边坐多久了？"

"有一会儿了。"石允硕没有看我，哑着嗓子回答。

有些艰难地咽下了口中的血腥，我歪着头打量有些不对劲儿的石允硕："你这些天怎么了？"

"对不起。"

"嗯……嗯？对不起什么？"

"刚才，林霖。不想你误会。"

我松了口气："我知道你不会和她在一起的。"看着石允硕脸上大大的问号，我轻笑，"是不爽了一下，但是我相信你啊！怎么可能会投敌，哈哈。"

石允硕怔了怔，也笑起来。气氛相当融洽，我们相视而笑，直到石允硕微笑着对我说："爱哭鬼……不，步语，我爱你。"

克制了几乎脱口而出的"允季"，我很快确认了眼前这个戴着金丝眼镜喝了不少酒的人就是石允硕。

"石允硕，你你……你喝多了吧？"我有些语无伦次。

石允硕大声地笑了起来，引来了周围不少人的侧目。他一把把我拽进了怀里，不顾我的挣扎，呢喃着："别动，就让我抱一会儿，一会儿就好。"

"爱哭鬼，你别乱动，就让我借着酒劲儿说点憋得我都要死了的话吧……步语，从第一次你扑在我怀里哭，你的眼泪就沾湿了我的心。你一次次的眼泪早就把我的心淹没在汪洋里了，可是从来没有一滴泪是为我而流的。"

我不再奋力挣脱，用一个奇怪的姿势半伏在石允硕的怀里。我枕着自己杂乱的心跳声，听着他仿佛来自另一个世界的声音。

"我试图争取，可是无论石允季在或不在，你的眼里心里都只有他。我真的已经努力，可是我准备的一切连表达的机会都没有；我只能试图隐藏，我藏起了我的痛，万蚁噬心我都能忍，因为面对你，我只想露出笑容。可是爱呢，我真的藏不住了，刻意地避开你这么久，还是每时每刻都会想念，想念你的一颦一笑，每次见到你后都匆忙转身，每次转身之后都是滔天的懊悔，为什么不再多看你一眼再转身。"石允硕的泪珠滚落到了我的手背上，晶莹温热。

我缓缓地直起了身子，看着眼前这个我从没见过的石允硕。

"对不起……"

石允硕挑起眉毛笑了，更多的泪珠滚落了下来："其实我早就知道你会对我说这三个字，拖了那么久，隐忍那么久，就是因为害怕你会给我这三个字啊……"

他接过我递过的纸巾，擦了擦脸，然后拉起了我的手，往食堂外走去。看着一脸疑惑的我，他努了努嘴："我认输啦！跟我一块儿去和石允季告别吧。明天我就买机票回美国。"

"对不起……"

石允硕深深地叹了口气，无奈地看着我苦笑："我想到你会和我说'对不起'了，可没想到你会以后只说'对不起'。不用自责啊，就算没有你，我也不能让我妈一个人在那边呀。"

我勉强地笑了笑。

"允季？你们在哪儿？我现在去找你们。"石允硕挂断了电话，拉着我跑出了学校，匆匆地横穿了两条马路。

"爱哭鬼！我走了就再也没人这么叫你了！你会想我吗？"他一边跑一边迎风大喊。

眼眶有些酸涩，看着跑在我前面的石允硕，我轻轻地说："谢谢你，对不起……"

很快到了石允季吃饭的地方，我跟在左顾右盼的石允硕身后走进了饭店，找寻着石允季的身影。

"哎，允季！"

我随着石允硕的目光看向了坐在内堂其乐融融吃饭的三个人，女人脸上带了温柔的笑意，殷切地把菜夹到身边男人和允季的碗里。

应声扭头的石允季一眼瞥见了跟在石允硕身后的我，原本平静的脸上满是慌张。他匆忙地站了起来，试图挡住我的视线。

像是被施了定身术，我僵硬地站在原地，看着那个此刻在石允季身后只露出半张脸，和他坐在同一桌子旁的女人，那个如此陌生却又曾无数次成为我噩梦主导的面孔。

她站了起来，快步地走到了我面前，用那个已经在我记忆里逐渐模糊的声音说道："你是……小语？"然后她拉住了我的手，似乎热泪盈眶。

世界突然有些扭曲。

她，赵永荷，从我十岁就不告而别的母亲，此刻就在我面前，近在咫尺，所以此刻是想在她的老公和继子面前上演一幕母女情深吗？我用力地从她湿润温热的手中抽出了自己冰到麻木的手，感受着从脚底蔓延到牙齿的颤抖。我从没像此刻这么深切地感受过绝望和惊慌，似乎噩梦还没来得及酝酿就成了现实。明明是在飘着袅袅菜香的饭店，我却仿佛置身于阿鼻地狱；明明穿着厚实的羽绒服，却仿佛赤身裸体地被抽得皮开肉绽。

石允季、石允硕，还有那个闻声而来的男人——哦，石允季的爸爸，这个女人背弃我的理由，他们的面孔都模糊了起来。巨大的嘈杂声淹没了他们的声音，我转头看向石允季，努力辨别着他一张一合的口型。

"步语，你没事吧？"

我当然没事儿，我好得很。努力地把飘浮出身体迫不及待打算逃离的魂魄拉了回来，我的声音似乎有些发颤："石允季，你早就知道，对吗？"

"你他妈早就知道对你关怀得无微不至和你日日夜夜生活在一起的后妈是我亲妈！所以你才会借着得病逃到美国去，所以你才会说以为离开才是最好的守护，所以你才会说去了美国才能没有顾虑地在一起！是不是？！"

石允季红了眼眶，艰难地点了点头。

我咧开嘴，无声地笑了起来，避开了石允季眼里的歉然。我看向石允硕，没等我说话，他迅速整理了错愕的表情："我真的不知道是这样，对不起……我以为他只是没准备带你见我们的父母……对不起，是我不该带你来这里，步语，我们走吧。"他拉住了我的手，试图带我离开。

我奋力要挣脱他钢箍般的手掌。看着这两张一样写满无关痛痒的歉意的面孔，努力压抑着战栗："你什么时候知道的？"

"上高三前，我在你家看到了那张合影……步语，对不

起，我一直想找机会告诉你。"

一阵眩晕袭来，五脏六腑似乎都要破体而出，一幕幕场景被连成了一个长镜头，石允季在沙滩上的言辞闪烁；石允硕在宿舍门口说"赵姨送来的小吃"；石允季以为只有离开才能更好地守护我；三个人在饭桌上像一家人一样聚餐……

"你他妈以为你是谁啊？！救世主吗？你他妈有什么权力这么瞒我？"我歇斯底里地吼。

世界突然亦黑亦明地闪烁起来，一道刺目明光闪过，眼前的一切都被惨白笼罩了。回忆碎成了片段，我似乎听见弦绷断的声音，那些曾经的情真意切在此刻悄悄溜向了宇宙边缘，带来无边无际的孤寂与空洞。你给的煦日微光，在我看见结局的那一瞬间，连回响都不曾出现，就消失殆尽。我眼前一黑，软软地垮了下去，持续紧绷的神经终于在巨大压力下四分五裂了。

我似乎还能听见石允硕和石允季激烈的争吵声、男人的训斥声、女人的惊呼声。

只是对不起，我没有力气再抬起沉重如斯的眼皮面对这个太阳已经陨落的世界。

在这个需要自救的世界，哪里会有人能拯救你。

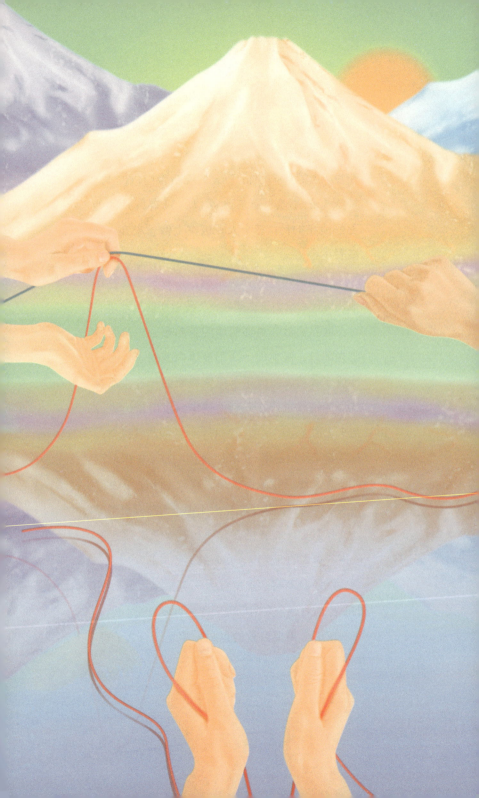

我们一起走了很远，

不是永远的远。

只不过，

我真的相信，

所以只能做朋友。

有些人因为太重要，

一别才永远。

因为恋人啊，

永 远 太 远 ， 我 不 陪 你 了

余小姐即将三十岁了。

她有些焦虑，似乎不抓住二十九的尾巴做些什么，就再也没有机会了。

那么多人都坦然地到了三十岁，像从二十八到二十九一样坦然。

余小姐做不到。

她焦虑到上班走神，深夜惊醒，买东西忘记拿找零，炒一盘菜放两次盐。

伍晟皱着眉头咽下了咸到不行的菜，匆匆扒拉了两口米饭。他放下筷子，把余小姐拉坐到自己腿上劝她。

"你得有颗平常心啊，三十岁怎么啦。也得活着，也得活在这个世界里，出不去。没什么新鲜的，也不会少什么。"

余小姐像是在看着伍晟，眼神却失了焦。她幽幽地说："三十岁往后啊，不就是新的一生了吗？"

伍晟没琢磨明白怎么就是新的一生了，只是发觉劝不动，索性直接放弃了。他搂住余小姐，眼神宠溺："要么我陪你出去玩一个月，等过完了生日，咱再回来过新的一生？"

余小姐沉默了一会儿，点点头说"好"。

她起身倒掉盘子里放了太多盐的菜，把手机递给伍晟，说："这菜没法吃了，你叫外卖吧。"

余小姐第二天就请了一个月的假。

这一天，距离她三十岁生日还有二十九天。

从公司回家的路上，余小姐随手翻选着当天下午出发的机票，挑了一个顺眼些的免签海岛，付款成功。

一个小时之后，余小姐已经换了一身长裙，拖着行李坐上了去机场的出租车。

没有攻略，没有准备，她甚至没订酒店。

身边的司机师傅跟着广播哼着京剧，出租车在难得不堵的环路上飞快行驶着。余小姐有些困惑，脑海里一片空白——她以为自己会很激动，但心脏的平稳跳动告诉她，远远没有。

她摘下脖子上的铂金项链收进包里。余小姐想到，毕竟是孤身出游，低调些好。

二十九岁的余小姐，大概是太害怕即将到来的衰老，才会做出十九岁的她都不会做的疯狂事情。但曾经对于未知旅行的热血沸腾，到底是无论如何都找不回来了。

余小姐"2"字开头年岁的最后几个月，焦虑在一些小事儿，一点点慢慢扩大。

比如大约三个月前，秦雷彻底拉黑了她。

也许拉黑的时间要更靠前一些，他们很久没有联系了。

三个月前她翻通讯录，翻到秦雷，才无意地发现他的朋友圈已经是一片空白。

拉黑其实没什么，余小姐没在意，也默默地删了秦雷。只是没过两天，她就在朋友圈里看到别人去参加秦雷的结婚喜宴。

喜宴其实也没什么，活了将近三十年的人，谁还没见识过几场前任的婚礼。

就算秦雷是和她前前后后纠缠了七八年的人，余小姐也觉得没什么不同，放下了的情绪怎么会再有微澜。

可是当余小姐看着那些照片，心里不知怎么一点点别扭着，拧出了水。

新娘是一张陌生的脸，娇小的身材倚在秦雷怀里，甜甜地笑着，由着秦雷帮她挡酒。新娘肚子已经是遮不住的隆起，很有秦雷的风格。

那天余小姐只喝了一杯长岛冰茶就醉了。

她盯着通讯录里秦雷的手机号，呆呆地看了很久。

这个号，仍然是她再熟悉不过的那一个。

在他们恋爱时候存下背下的号码，他们是"炮友"的时候，余小姐删了没存，喝醉了靠着直觉拨出。后来他们重新做起疏远的朋友，余小姐不知是否真的忘了这串号码，又一次存进了手机。

她最后默读了一次这个手机号，然后点了删除键。

严泽坐在她身边，无聊地把玩着打火机。

直到余小姐按下那个红色的删除键，他才开口："你不是早就不爱他了吗？"

余小姐斜睨了他一眼："是啊。"

严泽挠了挠鼻子。

"那你跟这儿矫情什么呢？删个电话号码这么费劲啊。"

"你不知道吗，对于一个快要三十岁的女人来说，十八岁的恶心，现在想起来都是动人。我不舍得删的，是回忆里爱他的那个满脸胶原蛋白的我自己，好吗？"

余小姐挥手叫过服务生，又点了一杯长岛冰茶。

"但是呢，他把我拉黑了，说明不是他还介意我的存在，就是他老婆介意。所以啊，我对自己对他都发发善心，爱过他的我，腰围一尺八的我，我狠狠心也一块儿删了。"

严泽默默凝视着语无伦次的余小姐。

余小姐一口气喝掉了半杯酒，问他："你看我干吗呀？"

严泽放下打火机，一边自然地接过她手中的酒杯，一边给了她一个莫名其妙的拥抱。

他声音很轻："余妧，你跟我还装啊。"

余小姐靠着他温暖坚实的胸膛，忽然久违地眼眶发酸。

他是这么了解她，了解到让她的伪装全面溃退。这个全世界唯一知道她秘密的人，一眼看穿了她。

严泽揉乱了她的头发，难得正经："孩子还会有的，跟对的人。"

余小姐被严泽一句话拉回了二十岁。

那一年啊，青春刚好，真是什么都不想的，没有一点惦念地就跟他告别了。有对秦雷的怨恨，有对生活的恐慌，唯独没有对他也是个生命的概念。余小姐至今一直不敢去想，那个被她毫无留恋处理掉的，究竟是个男孩，还是个女孩，爱哭，还是爱笑。

"过去那么久了，别再想了。"

余小姐摇头看着严泽笑："我其实没想那么多，就算直到今天，看见他们结婚照的时候我仍然是庆幸大于后悔的。我总在想，要是我生下了那个孩子，是不是这辈子就和秦雷捆在一起了。"

严泽愣了几秒，一脸惊呆："我没懂……你这个逻辑，我们现在其实是在庆祝？"

余小姐叹了口气，闷闷地说："大概是在为我这十年来只长了眼角的鱼尾纹，并没有长多少心进行一次默哀吧。"

"你知道就好……"

"要是没有你，这些事儿大概会烂在我肚子里，永不见天日。"

余小姐看向他，眼里闪着柔软的光——和严泽在一起的时候，她总是太轻易地就可以杀死回忆。

"那就对了，快三十岁的人了，也长点心吧。这种事儿，除非你打算跟伍晟分手，否则永远别说。"

严泽总是这样，找不到余小姐说话的重点，余小姐很多年前还会吐槽他一句"能不能找找重点"，现在大概是太习惯了，她常常就放任重点被一带而过，顺着严泽跑偏的话题聊下去。

"永远？在一起就要骗下去？"

严泽一副"老司机"开始给"傻白甜"上课的表情，真挚极了。

"多新鲜哪。你得知道，朋友的坦诚到了爱情里，是一碰一道口子的利刃啊。"

"……"

"而且你别说得那么难听，这不叫骗，这叫选择性不说。恋人最不需要的，就是过度坦诚。"

"和骗有区别吗……"

"区别大了好吗？再说，万一他有点小心眼儿，你说你流过产，平时还好说，一吵架准得拿这事儿出来给你上眼药。况且男人对于爱的女人，都是小心眼儿的动物。这种事儿，不说肯定没事儿，说了就是心口上的一道伤。"

"你呢？是小心眼儿的动物吗？"

余小姐重新从严泽手里拿过那杯长岛冰茶，不经意地问。

"我跟这些半路出家的人能一样吗？你的事儿有我不知道的吗？小爷早就酒肉穿肠过，佛祖心中留了。"

"说人话。"

"任凭你杀人放火贩毒嫖娼，在我心里也永远美好如初。"

余小姐想起严泽当时一本正经的脸，不自觉地露出了笑容。

那天她大概是真的喝醉了，说了太多有口无心的话。

余小姐下了出租车，拖着行李取了机票。候机的时候她突然想起小时候什么都爱秀的习惯，刻意地拍了一张机票和行李箱的照片，发到了微博。

太久没有拍过这种照片，就算加了两层滤镜，也透着生疏。

不过三分钟，伍晟的电话打了过来。

"你自己去啊？"

"这么行动派，也不等我。你自己多不安全啊。"

"要么等我安排好工作过两天再走吧？我怕你自己出去危险。"

"那你到了记得给我打电话。收好钱包、身份证，别丢东西。"

听着伍晟爸爸式的絮絮叨叨，余小姐无奈地笑了笑。他应该是一个很好的结婚人选吧，有一家运营还不错的公司；比余小姐大八岁，擅长照顾人，做事从容果断，给余小姐爸爸般的安全感；长相还获得了身边闺密和妈妈的一致肯定。

和伍晟相识，是三年前一场玩笑式的相亲。

余小姐赌输了一场球，替闺密上阵。明明是打算鱼目混珠一次糊弄事儿，结果余小姐觉得这人有点意思。后来伍晟约了余小姐几次，一来二去地，两人就在一起了。

伍晟认识余小姐的时候，就已经三十五岁了，从他们第一次见面，他就说了想结婚的话。交往最初的两年，他正式地、玩笑地求过几次婚，都被余小姐不软不硬地对付过去了。

现在同居一年了，余小姐还是不表态，伍晟不知道是被糊弄怕了，还是有了新的想法，也闭口不提了。

余小姐被家里催婚催得狠了，也问过自己，为什么伍晟准备了玫瑰和钻戒的时候，自己就是不能松口点头呢？明明是爱他的啊，要么也不会和他在一起那么久。

她自己都给不出答案。

空姐开始招呼旅客登机，余小姐匆匆挂断了伍晟的电话，登机后，关了手机。

飞机飞了近十个小时。

其间余小姐醒来吃了一顿飞机餐，其余时间混混沌沌地一直在半睡半醒里挣扎。

她做了很多个梦，似乎每一个前男友都走马观花地在梦中露了个脸，然后在她的注视下离去。

余小姐站在原地，默默地看着他们一个个走远。

秦雷出现了，他看余小姐的目光还是从前那样，似乎爱得深沉。只是一转身，他就挽着一个女孩，怀里抱着一个男孩离开。

然后是伍晟，他手背在身后，带着神秘的微笑走来。余小姐朝他伸出了手，他却像是被不知名的力量骤然拖走。余小姐迎接的手，也变成了试图拉住他。

之后，就是严泽。

他出现在余小姐面前的时候，余小姐怔了好一会儿。而严泽也就那么站着，身后的颜色呼啸变换着，就像留不住的飞逝的时间，有了实体。

"你也要走了吧，像他们一样？"

严泽像是听见了，就真的一句话一个表情都没有地转身离开了。

余小姐想追，却似乎被冻在了原地。

她什么都做不了，只感受到强烈的旋涡牵扯着心脏，而她陷落进了永恒。

余小姐猛地睁开眼。

飞机在迅速降落，失重感让她一瞬间屏住呼吸。

昏昏沉沉地过了海关，余小姐等行李的当口儿打开了手机。隐隐的头痛，觉得自己大概是要发烧了。

她自嘲地笑笑，似乎每一件发生的事都在提醒她，时光飞逝，青春不再。

余小姐连上了机场 Wi-Fi，七八条微信涌了进来。还有一条微博 @ 提示。

"你真是太牛 × 了。"

"你也不怕死外面，我擦。"

…………

都是严泽发的。

微博那条 @ 是伍晟转发的："等你回来，我们就结婚。"

她犹豫了几分钟，还是拨通了严泽的电话。机械女声提示音告诉她："您拨打的电话已关机。"

余小姐翻了个白眼，心疼自己白花出去的电话费。

叫了一辆出租车驶往海的方向，余小姐安顿在了海边附近的一家酒店。幸好是淡季，酒店还空着大半，打消了余小姐没地儿住的顾虑。

余小姐摊开行李，换了一身舒适的衣服，一头扎在床上，昏昏沉沉地一觉睡了过去。她醒来时，已经是午后了。

将酒店的落地窗窗帘拉开，就是金色的沙滩、碧蓝的海水、金发碧眼的姑娘，还有肌肉在阳光下熠熠生辉的欧洲少年。

余小姐深深地吸了一口远远吹来的清凉海风，一扫前一天的混沌。她手脚麻利地换上泳衣，套了件长裙，手机也没拿，只身去了海边。

沿路的椰子树似乎营养过剩似的，张牙舞爪地生长着。事实上，每一个海岛都有着大同小异的风景，我们却总是不厌其烦地奔赴。

到了沙滩，余小姐才发现，肌肉熠熠生辉的少年比从酒店里看上去的多，太阳也比从酒店里感受到的毒辣。

她眯着眼，几乎打算溜达溜达就回去算了。在这么毒的太阳下面游泳明显不是一个明智的选择。

几个热情的白人男孩朝鲜有的东方面孔——余小姐迎了上来。

没等余小姐的脑子反应过来，她的身体已经诚实地加入了打沙滩排球的队伍。

一个小时后，余小姐笑着摆手，不顾队友的挽留，躲到了遮阳伞下。

她知道，自己看起来和这些十几二十出头的孩子外表上并没有多少不同。

然而岁月从来不会放过谁，人家还没事儿人似的，她已经要虚脱了。

余小姐放松地把自己瘫在柔软的沙子上，和旁边浅白色头发的法国男孩用语法都不太对的英语有一搭没一搭地聊着。

海风呼啸，过耳无声。

她闭着眼，贪恋地呼吸着蓝色的空气。这里的海水没有咸腥味，反而带着点甜。

余小姐头越来越沉。不远处海浪翻腾，冲浪的男孩呼喊着，沙滩上打排球的女孩大声笑着，身边的男孩在和谁说着动人的法语。

中暑也值了。

"这么美好的地儿，中暑也值了吧？！"

"是啊……"

余小姐猛地睁开了眼,猝不及防照进来的光亮让她一瞬间眩晕、恍惚。

她花了三分钟来确定这突如其来熟悉的中国话是不是自己的幻听。眼前穿着泳裤露着腹肌的男人这张熟悉的脸,不是自己的幻觉。

"别摸了……你是色情狂吗?"

余小姐收回自己搭在严泽胸肌上的手,迅速左右环视了一圈周围的环境。

"是我出来玩是个梦,还是你是个梦?"

"我看你就活在梦里算了……"

余小姐大概是中暑了,回到酒店就抱着马桶干呕,头痛欲裂。

严泽端着一杯温水倚在卫生间门口,一脸欠揍的悲悯。

"人啊,得服老。要是没有我,你可怎么办啊。明天就该上报纸头条了——某余姓中国女子,死于作。"

余小姐什么都吐不出来,虚脱地坐在地上,也不嫌脏了。她回头瞪严泽。

"你千里迢迢追着我过来,就是为了岔我几句?你他妈喝假酒了吧?"

"我这出于担心十五年战友客死他乡的初衷,巴巴地买了您的下一班飞机,还费劲巴拉地定位你手机找着酒店,海边溜达了两小时才找到你。您倒好,跟人二十几岁的小伙子调情无比开心。我岔你两句还不行啊？！"

余小姐不说话了。

"晚上想去哪儿玩啊？"严泽把水杯递给余小姐，不着痕迹地打破了两人之间少见的沉默。

余小姐想象了一下两人在深夜海边漫步的场景，打了个冷战。

"酒吧吧，跟你还能去哪儿啊。"

"跟我……怎么就不能去别处了？"

严泽突然伸手把余小姐拉了起来，凝视着她。

余小姐在那一刻听见了自己的心跳声，卫生间这个环境显得过于逼仄了。她避开了严泽的视线，听到没关紧的水龙头大约三秒钟就会滴下一滴水。

"余妧……"

"严泽，"余小姐终于把躲避的视线收了回来，"话说了，就收不回去了。"

严泽单手捏住了余小姐的下巴："我也没想收回来。"

余小姐仰头接下了这十五年来的第一个吻。

她在那一刻才明白，没有对比就没有伤害——严泽的一个低头，就让她过去十五年所有的爱恨情仇都成了枉然。

严泽的唇覆盖在她唇上。

她拒绝伍晟求婚的理由终于昭然若揭。他把她拉进现实，拉进对衰老的恐慌。和伍晟在一起的她，像一只精致的塑料袋，即使印满了绽放的鲜花，也抵不过内心的腐败和空虚。

而这一瞬间的心动，让余小姐回到了十五岁。

所有的惶惑不安、所有对于即将到来的衰老的抗拒和抵御，都在那一刻烟消云散。

她对于严泽持续至今的爱，是青春仍然存在最好的证明。

那个吻持续了很久，吻到两人都即将窒息。

严泽搂住余小姐的腰，仍然凝视着她的眼睛。

"余妩，我从来没想过自己会这么害怕。从看见你那条微博开始，我真的坐立不安，怕你出事儿，怕你回不来，也怕你回来以后嫁给伍晟。

"所以我来了，我说出来的话，就没打算收回来。

"朋友做了这么多年了，腻歪了吗？

"女朋友感觉也挺没劲的，有过那么多了。

"要么，嫁给我吧。"

余小姐在之后的很多年里想起那天严泽的眼睛，里面藏了星星般的闪亮。

而那一刻的她如同被火光吸引的飞蛾。

余小姐点了头。

余小姐说，她在那一刻，除了有伍晟用钻石、鲜花都换不来的欣喜和雀跃，还有隐隐的不安，她这么了解他，如同他了解她。

她对严泽说，十五岁的爱情，没有永远，三十岁的，大概会有了吧？

那句话，她说得一点底气都没有。

余小姐和严泽的热恋期维持了很长一段时间,如干柴烈火,像是为了弥补他们那么多年的压抑和克制。

尽管这样的热情掩盖的是越来越多显露的分歧。

做朋友时,余小姐爱看西甲,严泽爱看英超;余小姐喜欢穆里尼奥,严泽喜欢瓜迪奥拉。两个人分享彼此拥护的球队的输赢,可以聊上一下午。

现在住在了一起,严泽陪余小姐看西甲,穆里尼奥在场边的阴沉脸让他来了兴致,忍不住数落起穆里尼奥的种种人品问题。余小姐听得越来越不高兴,忍不住回击。结局是两个人都强忍着不快,翻篇聊下一个话题。

诸如此类的事情还有很多,他们不再像从前那样调侃彼此的前任,秦雷和严泽的前任都成了禁忌话题。

余小姐不是不明白这种不扎实的热情是个短暂的假象,掩盖的是,他们的话题越来越少,掩盖在亲吻下的,是从来没有过的尴尬与沉默。

她却不想这么早去面对。

严泽第一次出轨,是结婚以后的第四年。

他为余小姐收了三年的心,还是在时间的消耗里屈服于飘荡的本能。

处女座的余小姐,在严泽收拾不干净的蛛丝马迹里,甚至能读出他和那个女人在床上说的每一句情话。

余小姐和严泽做了十五年的闺密、三年的夫妻。

她不仅知道严泽聊姑娘时候的套路，还知道严泽床上调情的小动作。

　　余小姐以为，自己早已在做朋友的那十五年里练出了刀枪不入之心、金刚不坏之身，毕竟见惯了他换女友如流水，听过了无数他动心动情的风流韵事，甚至习惯了他约自己看电影，然后带着女友出现。

　　总不可能更过分了。

　　余小姐没想到的是，身份的变换，会让曾经所有的习惯与忍让烟消云散。

　　不过是衬衫上的口红印和领带上的香水味，放在从前，她会一笑而过。

　　如今，她心如针扎——似乎连接着心脏的血脉，被暴露在一条钢钉路上，扎透了。

　　疼得不能呼吸。

　　而她终于理解了几年前在酒吧里严泽对她说的那一句："朋友的坦诚到了爱情里，是一碰一道口子的利刃啊。"

　　余小姐把那件粘上口红印的衬衫泡进混合了洗衣液、消毒液的水里。她用力地揉搓着那件衬衫，因为没戴胶皮手套，手很快就红了。

　　口红印圆圆的，余小姐想象着那个女孩娇笑着，暧昧地咬在严泽手臂上的样子。

　　她慌里慌张地，加快了手上的动作，口红印淡了下来。

　　等着洗衣机甩干的时候，余小姐斜倚在沙发上睡着了。

　　严泽晚上回来的时候，她还没醒，严泽悄悄地吻了下她的额头。

余小姐睁开眼，伸手抚上严泽的脸。

"回来啦。"

余小姐的声音带着刚睡醒的柔软奶气。

"别睡啦，我买了炸鲜奶，起来趁热吃。"严泽声音很轻，他的吻落在余小姐眼睛上。

余小姐吃了两口炸鲜奶，突然想起洗衣机里的衣服还没晾。

她从洗衣机里拎出那件衬衫，口红印已经没有了，只是余小姐怎么看都觉得，那一块儿位置还是比旁边深了些。

余小姐抱着衣服经过客厅，严泽一边吃着炸鲜奶，眼睛盯着电视里正在播放的英超比赛，今天是他最喜欢的阿森纳出场。

他没看余小姐，嘴里催促着说："赶紧收了过来吃，凉了就没法吃了。"

余小姐倚着门框，看着他，突然开了口。

"你和她断了吧。"

严泽抬起头看余小姐："谁？"

余小姐抬了抬下巴，指向怀里的衬衫："那个咬你胳膊咬到留下口红印的姑娘，跟她断了吧。"

严泽猛地站了起来，慌张地走向余小姐。

"余妧，你别误会——"

余小姐打断了他："在我决定洗掉那个唇印的时候，我就决定原谅你了。所以你不用解释，你告诉我断了，我就信。"

余小姐停顿了很久。

她说：“我爱你。”

严泽直视着余小姐的眼睛，眼睛里多了点认真：“好，我全都断了，你在我身边就好。”

余小姐没挽留过男人。

她对男人的态度一向是，你走我不留，你回我不要。

这一次，她挽留了。她不仅挽留，还心甘情愿地相信了浪子会回头。

这世界上这么多人，这么多人只有唯一的一个共同点。

所有人终其一生都在需要一个可以爱他胜过爱自己的人。

有人在找，也有人在等。

余小姐看着严泽，在心里无声地说：“你找到了。我放弃了。”

然而这个世界上哪有那么多的得偿所愿。

所有的理想、所有的期待，多数都逃不过一个被辜负的结局。

严泽搂着那个有几分眼熟的年轻女孩在夜店的照片，成了压死骆驼的最后一根稻草。

余小姐起初还数着，两次三次，五次八次。如今她已经忘了这是多少次了。

钉板路滚多了，哪怕她以为会千疮百孔、疼，会撕心裂肺，但事实上，剩下的只是满身鲜血淋漓而已，连疼都觉不出来了。

麻木了。

余小姐终于和严泽提了离婚。

严泽满脸歉意，没有挽留，说了一个字：

"好。"

彻底浇灭了余小姐仅存的一点，她甚至不知道那一点是什么了。

她终于明白，他们的婚姻，就像是那件粘上别人口红印的衬衫，洗不干净了。

有些人，可以伴你以酒，伴你以歌，伴你笑，甚至伴你哭。他给了你一个岁月长的错觉，最后却说，抱歉，不能伴你到白头。

事实上，严泽还是当年的那个样子，那个让余小姐爱得舍不得说出口的样子。

荒腔走板，逍遥善良。

余小姐不知道该哭还是该笑。

从民政局走出来，严泽问："还可以做朋友吧？"

余小姐看着他，眼神柔软："怎么你也会问出这么俗的话了？"

严泽突然有点慌了神，他一把揽住了余小姐，说："我没在问啊。”

余小姐笑：“你的女朋友们可以容忍高中朋友余妧每天和你同吃同玩、无话不谈，但他们可以容忍前妻余妧在你身边晃来晃去吗？

“我爱了你二十年，但是到此为止了。我们，不要联系了。

“祝你们幸福。”

严泽拿着烟的手僵在了空中，他声音微颤：“你是真心的？”

余小姐还在笑，轻轻掰开了他揽在自己肩上的手。

“我等了那么多年，没想到还是等来一个鲜衣怒马少年时，一日看尽长安花的结局。

“五个字，四分真心够不够？祝你们幸福是假的，祝你幸福是真的。”

余小姐一句话说完，留给了严泽一个笑容，转身疾步离去。

严泽在身后喊：“余妧，你忘了我吧，我他妈就是个傻 ×。”

她没说话，没回头，走出近百米。

笑容还在脸上，眼睛却红了一圈。

三十六岁的严泽的脸浮现在她脑海里，眼角有了细纹，不复少年。

她突然想到，自己也三十五岁了。

幸好，不负少年。

有人问她，你后悔吗，错过了那么多可能对的人，荒废了整个青春，换一句"爱过"？

余小姐咬着嘴唇笑："青春啊，不就是一场牌局。没玩完的时候，觉得输赢很重要，特别想赢。真的玩完了啊，就觉得输赢也没那么重要了，过程开心就好。

"如果注定会输，我很高兴，赢我的人是他。"

最后余小姐说：

"我以为我会和他走到永远，我没有。

"我以为离开他我会崩溃，我也没有。

"二十年啊，我没有拖延出一个新的结局。但是还好，我拖延出了一个能承受这个结局的自己。

"我们一起走了很远，只不过，不是永远的远。

"我真的相信，有些人因为太重要，所以只能做朋友。

"因为恋人啊，一别才永远。"

图书在版编目（CIP）数据

余小姐的蓝颜知己 / 米玉雯著. —北京: 北京联合出版公司,
2016.10
ISBN 978-7-5502-8835-5

Ⅰ. ①余…　Ⅱ. ①米…　Ⅲ. ①短篇小说－小说集－中国－当代
Ⅳ. ①I247.7

中国版本图书馆CIP数据核字（2016）第238742号

余小姐的蓝颜知己

作　　者：米玉雯
责任编辑：喻　静
特约编辑：丛龙艳
装帧设计：TOPIC DESIGN

北京联合出版公司出版

（北京市西城区德外大街83号楼9层　　100088）
北京联合天畅发行公司发行
北京山华苑印刷有限责任公司印刷　　新华书店经销
字数：142千字　　880mm×1230mm　1/32　印张：8.25
2016年12月第1版　2016年12月第1次印刷
ISBN 978-7-5502-8835-5
定价：42.00元